Arno Surminski

Gruschelke und Engelmannke

Arno Surminski

Gruschelke und Engelmannke

Geschichten auf Ostpreußisch
und Hochdeutsch

Ullstein

Zu diesem Buch

Unverfälscht gesprochen finden wir den ostpreußischen Dialekt noch dort, wo er immer gesprochen wurde: in Ostpreußen. Die wenigen Ostpreußen, die nach dem Zweiten Weltkrieg in der östlichen Provinz blieben, erinnern sich heute der Sprache ihrer Kindheit, wenn sie mit deutschen Besuchern sprechen. Die Sprache gehört zum Land, sie ist dort geblieben, als die Menschen gingen, und sie wird in wenigen Jahren endgültig ausgestorben sein. In Norddeutschland, wo viele Ostpreußen nach dem Krieg heimisch wurden, verloren sich die ostpreußischen Laute allmählich, oder sie vermischten sich mit den Dialekten des Nordens, die mit dem Ostpreußischen ohnehin verwandt sind. Als ich 1946 nach neun Monaten Aufenthalt in Thüringen in den Norden kam und dort das holsteinische Platt hörte, war es mir, als käme ich sprachlich nach Hause.

Wie andere Dialekte hat das Ostpreußische einen Wandel in der Wertschätzung erfahren. In den Nachkriegsjahren war Ostpreußisch Platt keine angesehene Sprache. Viele Ostpreußen bemühten sich, richtiges Hochdeutsch zu erlernen, damit ihre Herkunft nicht an der Sprache erkennbar war. Heute ist Ostpreußisch ein gern gehörter Dialekt. Der betuliche Redefluß, die vielen Verniedlichungen und die Fülle wohlklingender, alle Schärfen mildernder Worte lassen die Sprache angenehm erscheinen.

Viele schrieben mir voller Bedauern, die ostpreußische Sprache werde bald aussterben. Sie schickten mir Na-

men und Redewendungen, die sie noch in Erinnerung hatten, mit der stillschweigenden Aufforderung, etwas zur Erhaltung des Ostpreußischen zu tun. Ich habe diese Wünsche anfangs nicht ganz ernst genommen, heute sind mir die Erinnerungen jener, die in der Sprache noch gelebt haben, ein wertvoller Schatz. Es wäre ein Jammer, wenn die ostpreußische Mundart völlig verlorenginge.

Mit diesem Buch will ich das, was mir viele Leser zugetragen haben und was mir noch selbst im Gedächtnis geblieben ist, zu einem Erinnerungsbuch der ostpreußischen Sprache verarbeiten. Ich ahnte nicht, welche Schwierigkeiten mich dabei erwarteten. In Ostpreußen gab es unterschiedliche Sprachregionen: In der Elchniederung war das Platt anders als im Samland oder im Bartener Land. Im Masurischen herrschte das Hochdeutsche mit leichter Dialekteinfärbung vor, daneben gab es das Masurische, einen polnischen Dialekt. Die Mundart war so vielfältig wie die ethnischen Wurzeln der Bewohner dieser Landschaft. Diese Schrift kann deshalb keine wissenschaftliche Abhandlung über den ostpreußischen Dialekt schlechthin sein, sondern nur Ausdrücke und Redeweisen sammeln, die ich aus meiner kindlichen Umgebung in Erinnerung habe oder die mir von anderen Ostpreußen zugetragen worden sind. Viele Leser werden sich an andere Ausdrücke erinnern.

Es gab eine Fülle unterschiedlicher Bezeichnungen für den gleichen Gegenstand. Der Teufel kam als Diewel, Deibel oder Deikert vor, die Füße hießen Feet, Fieß,

Hesse, Quanten oder Klischen, letzteres eher abwertend. Die Verneinung wurde mit nich, nech oder nuscht ausgedrückt. Unverkennbar ist auch der sprachliche Einfluß des Polnischen vor allem im Süden Ostpreußens, etwa bei Kruschke (Birne), Schischke (Tannenzapfen) oder Kosse (Ziege). Im nördlichen Ostpreußen nannte man den Kruschkenbaum Beerenboom und die Ziege Zeeg. Dort hat sich auch das Litauische in einigen Dialektausdrücken niedergeschlagen, z.B. Lorbaß, Luntrus. Das verniedlichende ›chen‹ wurde im nördlichen Ostpreußen zu einem ›ke‹, also Marjellchen – Marjellke.

Ein besonderer Reiz dieser Mundart ist die eigentümliche Aussprache bestimmter Worte und die Übersetzung der Aussprache in die Schriftform. Da es einen verbindlichen Duden für Ostpreußisch nicht gibt, mußte intuitiv eine bestimmte Schreibweise gewählt werden. Die gedehnte Aussprache des ›ei‹ wurde beispielsweise mit ›eei‹ wiedergegeben, der hilfesuchende Ausruf »Erbarmung!« mit »Ärbaarmung!«.

Um das Buch auch für Leser verständlich zu machen, denen diese Mundart völlig fremd ist, wurde eine Übersetzung aus dem Plattdeutschen ins Hochdeutsche beigegeben. Diese lehnt sich eng an den ursprünglichen Dialekttext an und macht deutlich, daß die Mundart die stärkere Sprache ist, in der auch Schimpfwörter und Fäkalausdrücke erträglich erscheinen.

Hamburg, Juli 2006

Opbewoahre fer alle Tiede

Aufbewahren für alle Zeiten

De scheenste Wörder

»Bivär wi starve«, säd de oole Schonski, »mott wi erscht de Sproak verdeele. Du kannst singe, Ulnat, eck vertelle.«

»On wer ward schriewe?« froagd de Ulnat.

»Bloßig de Domme ut Domnau, de nuscht em Kopp behoale könne, motte et opschriewe. Wi beeide plachandre över oole Tiede, als de Elke dörch de Jegend sockte on em Woold de Wulfkes huulde.«

»Wi wellst anfange?« froagd de Ulnat.

»Loat ons de Wörder opsammle, de scheen to heere sent. De mott wi opbewoahre fer alle Tiede.«

On so funge se an met de scheenste ostpreißische Wörder:

Blubbermuul = Plappermaul
Dammelskopp = Dummkopf
dreeidammlig = dreifach dumm
drugglich = korpulent
Hietscherchen = Fohlen
Hoppsfleeje = Flöhe
Hubberhoaske = frierendes Häschen
karäsig = frech
Koaterdanz = Katertanz (Affentheater)
Kobolske = Überschlag
Labommel = großer Junge
Lachodder = Lümmel
Lorbaß = Junge
mummeldrächtig = dick gegessen
Muulkefiddel = Mundharmonika
Noarschke = menschliches Hinterteil
Noaschroabsel = ausgekratzter Rest, Nachkömmling
nuscht = nichts
Nuschtwark = Nichtsnutz
Panneklatscher = Dachdecker
Patschhandke = Kinderhand
plachandern = unterhalten
Plompebuuer = Pumpenbauer

Die schönsten Wörter

»Bevor wir sterben«, sagte der alte Schonski, »müssen wir noch die Sprache verteilen. Du kannst singen, Ulnat, ich werde erzählen.«
»Und wer wird schreiben?« fragte Ulnat.
»Nur die Dummen aus Domnau, die nichts im Kopf behalten können, müssen es aufschreiben. Wir beide unterhalten uns über alte Zeiten, als hier Elche durch die Gegend liefen und im Wald die Wölfe heulten.«
»Wie willst anfangen?« fragte Ulnat.
»Laß uns die Wörter sammeln, die schön anzuhören sind, und sie aufbewahren für alle Zeiten.«
Und so fingen sie an mit den schönsten ostpreußischen Wörtern:

Pomuchelskopp = Schimpfwort (Fischkopf)
Proahlsack = Prahlhans
puscheeien = streicheln
rabasteln = lärmen
rachullrig = gierig
schabbern = reden
Schemmerstund = Zeit vor Einbruch der Dunkelheit
Schlorren = Holzpantoffeln
Schlubberche = Schluck
schmengern = naschen
Schudel = Hund
Seeweschlunk = Vielfraß
Tähnknieper = Zahnarzt
Troankes = Tränen
Tuntel = Nase
Vertellkes = Erzählungen
Voßkoppsche = rothaarige Frau
Wuschen = Hausschuhe

Kosenamen für Kinder: *Engelmannke, Gnubbel, Gruschelke, Huschke, Ratzke, Roofke, Trunschel*

Von Kinderkes on Enkelkes

»Et jeheerd seck antofange, wi dat Läwe anjefange es«, säd de Schonski.

»Joa, dat erschte wär dat Kinderkrieje«, meent de Ulnat. »Wo best du oppe Welt jekroope?«

»Man bloßig en Ensterborg.«

»Överall kömmt Bildung dorch, bloß nich en Ensterborg!« reep de Ulnat on lachd seck eent.

»On wo kömmst du her?« froagd de Schonski.

»Ut Marjedoal. Dat es e kleeiner Hubbel met femf Buure on seß Spetzbuube.«

»Wi veele Kinder häst jemoakt, Ulnat?«

»Em ganze seewe, oaver twee käme nich ut dem Krieg torick.«

»On Enkelkes häst e ganzem Sack full?«

»Wenn alle oppem Huupe sent, es keein Platz enne Stoaw«, säd de Ulnat. »De Gnosse sent good jeroade, nich dammlich ook nuscht nich, se leehre flietig enne School, on se jehorche Voader on Mudder.«

»Vertell, wi se heete«, säd de Schonski.

»De Ölste es dat Roofke, de häd Kraft wi e Schienedrescher. Denn hebb eck noch e Wulfke on e Ratzke.«

»Marjellkes häst keeine?«

»Ook doavon sent jenoog. Dat Susannke kann scheen singe, dat Marieke versteit seck op dat Danze, on Lieske es so groot jewosse, de kann ut jedem Dackrenn suupe. To gooder Letzt käm onser Engelmannke, so e kleeinet Noaschroabsel, dat nich wußd, ob et läwe oder

Von Kindern und Enkeln

»Es gehört sich anzufangen, wie das Leben angefangen hat«, sagte Schonski.

»Zuerst war das Kinderkriegen«, meinte Ulnat. »Wo bist du auf die Welt gekommen?«

»In Insterburg.«

»Überall kommt Bildung durch, bloß nicht in Insterburg!« rief Ulnat und lachte laut.

»Und wo kommst du her?« fragte Schonski.

»Aus Marienthal, einem kleinen Dorf mit fünf Bauern und sechs Spitzbuben.«

»Wie viele Kinder hast du gemacht, Ulnat?«

»Im ganzen sieben, aber zwei kamen nicht aus dem Krieg zurück.«

»Und Enkelkinder hast einen ganzen Sack voll?«

»Wenn alle zusammenkommen, ist kein Platz in der Stube«, sagte Ulnat. »Sie sind gut geraten und nicht dumm im Kopf, sie lernen fleißig in der Schule und gehorchen Vater und Mutter.«

»Erzähl, wie sie heißen«, sagte Schonski.

»Der Älteste ist das Roofke, der hat Kraft wie ein Scheunendrescher. Dann hab' ich noch ein Wulfke und ein Ratzke.«

»Mädchen hast du keine?«

»Auch davon sind genug da. Die Susanne kann schön singen, Marie versteht sich aufs Tanzen, und die Liese ist so groß gewachsen, die kann aus jeder Dachrinne saufen. Zu guter Letzt kam unser Engelmann, so ein kleiner Nachkömmling, der nicht wußte, ob er le-

starve sull. Se jeewe em dichtig Beestmelk to drinke, nu es et e strammer Gnubbel jeworde.«
»Eck hebb bloßig Marjellkes jekreeje«, säd de Schonski. »Se heete Gruschelke on Mienke, Johannke on Huschke.«
»Marjellkes sent ook good«, meent de Ulnat, »de könne nich em Krieg starve.«
»Oaver em letzte Krieg sent ook veele jestorve, mien Mienke on mien Huschke verhungerde en Rußland.«
»Joa, so es dat Läwe. Wer veel häd, kann veel verleere.«

Em Hemmel anjekoame

De Schnieder Kruuskopp had tweelw Kinderkes, on to äte jeew et nich veel em Huus. Doa jeboar siene Fruu dat dreetiente Kindke. De Ölere wäre truurig, denn se wußde nich, dat Kleeine satt to moake.
Enne Nacht, als alle schleepe, käm e Engel vom Hemmel on säd: »Eck war dat Kind noa mi en dem Hemmel nähme. Doa ward et good läwe, on Äte on Drinke jefft et rieklich. Sied man nich truurig, ju hebbe jenoog Kinder satt to moake.«
De Engel nähm dat Niejeboarne onder siene Flochte on steeg op tom Hemmel.
Am Morje wär dat Kleeine verschwunde. De Mudder

ben oder sterben sollte. Sie gaben ihm tüchtig Biestmilch zu trinken, nun ist er ein strammer Bengel geworden.«

»Ich habe nur Mädchen bekommen«, sagte Schonski. »Sie heißen Gruschelke und Mienke, Johannke und Huschke.«

»Mädchen sind auch gut«, meinte Ulnat, »die können im Krieg nicht sterben.«

»Aber im letzten Krieg sind sie auch gestorben, Mienke und Huschke verhungerten in Rußland.«

»Ja, so geht's im Leben. Wer viel hat, kann viel verlieren.«

Im Himmel angekommen

Der Schneider Kruuskopp hatte zwölf Kinder, und zu essen gab es wenig im Haus. Da gebar ihm seine Frau das dreizehnte Kind. Die Eltern waren traurig, denn sie wußten nicht, das Kleine satt zu machen.

In der Nacht, als alle schliefen, kam ein Engel vom Himmel und sagte: »Ich werde das Kind zu mir in den Himmel nehmen. Da wird es gut leben, und Essen und Trinken gibt es reichlich. Seid man nicht traurig, ihr habt genug Kinder satt zu machen.«

Der Engel nahm das Neugeborene unter seine Flügel und stieg damit auf zum Himmel.

Am Morgen war das Kleine verschwunden. Die Mutter

socht oppe Lucht on enne Schien, ook em Stall bi de Peerdkes, oaver nuscht wär to finde.

Doa käm nu doch de Herr Gendarm ent Huus on froagd, wo dat Kindke jebleewe es.

»E Engelke häd et tom Hemmel metjenoahme«, vertelld de Schnieder.

»Wenn dat so es, well eck di ook metnähme«, säd de Gendarm. »Eck war di enbochte, bet eck vom Hemmel Bescheed kriej, op dat Kindke anjekoame es.«

»Joa«, säd de Schnieder, »denn nemm de Fruu on de tweelw Kinder ook jliek met, on jeff enne Rhabarbersoop met Glums to äte, doamet se nich ook en dem Hemmel fleege.«

Vom Mehrmoaker

Storch, Storch, bester,
bring mi doch e Schwester.
Storch, Storch, goader,
bring mi doch e Broader.

Dat sunge de Kinder en Ostpreiße, wenn se em Freehjoahr dem erschte Storch seeje.

Oaver wat to veel es, es to veel. Als dem Klinkat dat achte Kind jeboare wurd, rennd sien Ölster, de Schnoddernäs, vär de Där on schempt met dem Oadebar.

suchte auf dem Hausboden und in der Scheune, auch im Stall bei den Pferden, aber nichts war zu finden.
Nun kam der Gendarm ins Haus und fragte, wo das Kind geblieben sei.
»Ein Engel hat es mitgenommen in den Himmel«, erzählte der Schneider.
»Wenn das so ist, will ich dich auch mitnehmen«, sagte der Gendarm. »Ich werde dich einsperren, bis vom Himmel Bescheid kommt, ob das Kind angekommen ist.«
»Dann nimm die Frau und die zwölf Kinder auch gleich mit«, sagte der Schneider. »Gib ihnen ordentlich Rhabarbersuppe mit Quark zu essen, damit sie nicht auch in den Himmel fliegen.«

Vom Mehrmacher

Storch, Storch, bester,
bring mir eine Schwester.
Storch, Storch, guter,
bring mir einen Bruder.

Das sangen die Kinder in Ostpreußen, wenn sie im Frühling den ersten Storch sahen.
Manchmal wurde es aber auch zuviel mit dem Kinderbringen. Als dem Klinkat das achte Kind geboren wurde, rannte sein Ältester vor die Tür und schimpfte.

»Nu es jenoog!« schreej he tom Dack ropp. »Mehr bruuk wi nich!«
De Storch klapperd seck eent on floog tom Diek, Pogge to hoole.
Ons Oadebare wäre joa flietig. Mängsmoal kunne se nich afwachte on broachte dat Kind schon dreei Doag noa dem Hochtied.
Veele Kinderkes sent ook en dem Diek torick jekroope.
»Schnell jekoame, schnell jegange«, säde de oole Lied. »Wat nich läwe kann, most starve.«
Dat wär nich wieder schlemm, solang de Mehrmoaker noch läwd.
Joa, dat Mehrmoake wär von allem dat Scheenste.

Kindsdoop

Wenn de Kinderkes dem Sprengsel on dem Säje kreeje, wär dat emmer e scheenet Fest.
De Pfarr säd: »Lasset das Kindlein zu mir kommen!«
Denn drooge se dat nieje Worm tom Woater. Et blarrd rein tom Verzoage, on de Wiever griende vär Freeid.
Denn wurd et enjeduukt on heerd op to schriee.
De Pfarr vertelld noch e beske vom leewe Jesuskind enne Krepp. He leed ook dichtig beede.
Nu ward Tied, doachd de Voader von dat Kind. Dat Äte ward koolt on de Kornus warm.

»Nun ist genug!« schrie er zum Dach hinauf. »Mehr brauchen wir nicht!«
Der Storch klapperte nur und flog zum Teich, um Frösche zu holen.
Ja, der Adebar war fleißig in Ostpreußen. Manchmal konnte er nicht die Zeit abwarten und brachte das Kind schon drei Tage nach der Hochzeit.
Viele Kinder hat er auch in den Teich zurückgeworfen. »Schnell gekommen, schnell gegangen«, sagten dann die alten Leute. »Was nicht leben kann, muß sterben.«
Solange der Mehrmacher noch lebte, war es nicht weiter schlimm.
Denn das Mehrmachen war immer das Schönste.

Kindtaufe

Wenn die Kinder das Wasser und den Segen bekamen, war das immer ein großes Fest.
Der Pfarrer sagte: »Lasset das Kindlein zu mir kommen!«
Dann trugen sie das neugeborene Wurm zum Wasser. Es schrie, und die alten Weiber weinten vor Freude mit.
Kaum war es eingetaucht, hörte es auf zu schreien.
Der Pfarrer erzählte vom lieben Jesuskind in der Krippe. Er ließ auch tüchtig beten.

Oaver se moste noch singe. De Fruuens krieschde luud, bet dat jedoffte Kind to schriee anfung. Doa jeew em de Voader e Droppke Kornus ent Muul, on et schleep en seeljer Ruh.

Oawends käm dat Scheenste vonne Kindsdoop, dat Bejeete. De Pfarr schmeed dem Talar vonne Schuller on grabschd seck e Zoagelke Worscht, he drunk ook dichtig Kobolskewoater. Oawends bleehjde alle Näse, on de Pfarr sung Halleluja.

Anjesenjelt

De Fruu Schuschke had e nieet Kind jeboare, dat reepe se Gruschelke. Als de Fruu opstoahne kunn, wull se am Sinndach enne Kerk goahne.

»Franzke«, säd se to dem öllere Sehn, »eck goah en dem Kerk, on du most op dem Gruschelke oppasse. Wenn et schriet, schuckelst de Weej, denn schlepp et wedder en. En de Käk hebb eck dem Grett op de Ploat jesett, dem most du af on to omreehre, doamet dat Meddachäte nich ansenjelt.«

»Joa, Mudderke«, säd de Jung, »goah du man enne Kerk, eck pass op.«

He stromerd över dem Hoff on speeld e beske vär dem

Nun wird es Zeit, dachte der Vater. Das Essen wird kalt und der Schnaps warm.
Aber sie mußten noch singen. Die Frauen kreischten so laut, daß das getaufte Kind zu weinen begann. Der Vater tröpfelte ihm ein bißchen Schnaps in den Mund, da schlief es in seliger Ruh.
Am Abend kam das Schönste der ganzen Kindtaufe, das Begießen. Der Pfarrer warf den Talar von der Schulter und griff sich ein Schwänzchen Ringelwurst, er trank auch tüchtig Schnaps. Abends blühten alle Nasen, und der Pfarrer sang Halleluja.

Angebrannt

Die Frau Schuschke hatte ein Kind geboren, das nannte sie Gruschelke. Als sie aufstehen konnte, wollte sie am Sonntag in die Kirche gehen, Gott zu danken.
»Franzke«, sagte sie zu dem älteren Sohn, »ich geh' in die Kirche, und du mußt auf das Gruschelke aufpassen. Wenn es schreit, schaukelst du die Wiege, dann schläft es wieder ein. In der Küche habe ich Grütze auf die Herdplatte gesetzt, die mußt du ab und zu umrühren, damit das Mittagessen nicht anbrennt.«
»Ja, Mutter«, sagte der Junge, »geh du man in die Kirche, ich pass' auf.«
Er stromerte über den Hof und spielte ein bißchen vor

Där. An dem Grett on dem kleeine Gruschelke doachd de Franz nich mehr – bet he dem Jestank speerd, de ut dem Käkefinster käm. He rennd ent Huus. De Grett wär anjesenjelt on stunk. He rennd to dem Gruschelke on höld de Näs över dem Weej. Dat stunk ook. Nu wußd he seck nich mehr to helpe on rennd en de Kerk, de Mudder to hoole.

De sunge jeroad: »Bis hierher hat mich Gott gebracht ...«

De leewe Gott ward doa ook nich veel helpe, doachd de Franz, toag de Mudder am Arm on brabbeld ehr wat ent Ohr. De Lied kickde seck öm, leggde dem Finger op dat Muul on säde: »Psch ..., psch ...«

Dat wurd dem Franzke nu doch to veel.

»Nuscht es met pisch ..., pisch!« schreej he los. »De Grett es anjesenjelt, dat Gruschelke häd ent Bedd jeschäte on bölkt!«

Muddersch Reekenstund

Dat Hanske sull en de School koame. Doamet et nich ganz dammlich henkömmt, vertellt de Mudder em värher dat Alfbeet.

»Dat A sitt ut wi e Huuske ohne Schorrstien, on dat O es e Kodderball. Dat P jliekt eenem Pracher, de e Pun-

der Tür. An die Grütze und das kleine Gruschelke dachte er nicht mehr – bis er den Gestank roch, der aus dem Küchenfenster wehte. Er rannte ins Haus, die Grütze war angebrannt und stank. Er lief zum Gruschelke und hielt die Nase über die Wiege. Da stank es auch. Nun wußte er sich nicht mehr zu helfen und rannte in die Kirche, um die Mutter zu holen.

Dort sangen sie gerade: »Bis hierher hat mich Gott gebracht ...«

Der liebe Gott wird da auch nicht viel helfen können, dachte der Franz, zog die Mutter am Arm und flüsterte ihr was ins Ohr. Die Leute schauten sich um, legten den Finger auf den Mund und sagten: »Psch ..., psch ...«

Das wurde dem Franz nun doch zuviel.

»Nichts ist mit pisch ..., pisch!« schrie er los. »Die Grütze ist angebrannt, das Gruschelke hat ins Bett geschissen und schreit!«

Mutters Rechenstunde

Der kleine Hans sollte in die Schule kommen. Damit er nicht gar zu dumm hinkommt, erzählte ihm die Mutter das Alphabet.

»Das A sieht aus wie ein Haus ohne Schornstein, und das O ist ein Lumpenball. Das P gleicht einem Bettler,

gel op dem Schuller drächt. Dat D es e Dickbuuk, dat B e Noarschke met twee Backe, on dat X sitt ut wi e Staketetuunke.«
Ook reekne leehrd se em dichtig.
»Wenn du veer Kielkes op dem Teller häst on schluckst de Hälft runder, wiveel bliewe äwrig?«
»Da blefft nuscht äwrig, Mudderke«, säd de Lorbaß, »eck frät se alle veer.«

Selij moake

Jedem Sinnoawend wär enne School Bibelleese.
Säd dat Karlke to dem Emelke: »Eck kann di met dem Bibel selij moake.«
»Na, wi geiht dat?« froagd de Emel.
Doa nähm de Karl de Bibel en beeide Händ on haut em doamet oppem Kopp. »Markst du, wi du selij warscht?«
»Joa, et fangt schon an, oaver du sullst ook selij ware.«
De Emel jeew dem Karl e Starnicksel, dat he op dem Rick full.
En dissem Oogenbleck käm de Schoolmeeister enne Där.
»Herr Lehrer, Herr Lehrer!« schreeje de Kinder. »Dat Karlke on dat Emelke sent beeide selij jeworde.«

der einen Sack auf der Schulter trägt. Das D ist ein Dickbauch, das B ein Hinterteil mit zwei Backen, und das X sieht aus wie ein Staketenzaun.«
Auch rechnen lehrte sie ihn tüchtig.
»Wenn du vier Klöße auf dem Teller hast und schluckst die Hälfte runter, wieviel bleiben übrig?«
»Da bleibt nichts übrig, Mutter«, sagte der Junge, »ich fresse sie alle vier.«

Selig machen

An jedem Sonnabend war in der Schule Bibelstunde. Sagte der kleine Karl zum Emil: »Ich kann dich mit der Bibel selig machen.«
»Wie geht das denn?« fragte der Emil.
Da nahm der Karl die Bibel in beide Hände und schlug ihm damit auf den Kopf. »Spürst du, wie du selig wirst?«
»Ja, es fängt schon an, aber du sollst auch selig werden.«
Der Emil gab dem Karl einen Stoß, daß er auf den Rükken fiel.
In diesem Augenblick kam der Schulmeister in die Tür.
»Herr Lehrer, Herr Lehrer!« schrien die Kinder. »Der kleine Karl und der Emil sind beide selig geworden.«

Wo dat Flooke herkömmt

De Kinder vom Panneklatscher Guddas kunne jeheerig flooke. De Schoolmeeister jeew e Zeddel met noa Huus, dropp stund, de Fruu Guddas sull moal värbikoame, he häd wat to bespreeke.
»Leewe Fruu«, säd de Schoolmeeister, »wi kömmt dat bloßig, dat ehre Kinderkes so forchtboar flooke könne? De flooke sogar enne Religionsstund, wenn annere Kinder singe on beede.«
»Hemmelkriezdonnerweeder!« schempt de Fruu. »Dat sull de fierroode Diewel weete, wo de Beestkräte dat Flooke jeleehrt hebbe.«

Storchedach en Marjedoal

Över Nacht wär de Oadebar ut Afrika torickjekoame. Als de Sinn opjing, stund he op dem Schienedack on klapperd seck eent. Wenn dem erschte Storch fleege sittst, warscht flietig sien e ganzet Joahr lang. Oaver wenn de Oadebar op dat Dack steiht, warscht e Fuulsack bliewe.
Enne School sung wi dem Schoolmeeister e Leedke vär:

De Storch es jekoame, häd de Beeker jenoahme.

Wo das Fluchen herkommt

Die Kinder vom Dachdecker Guddas konnten tüchtig fluchen. Der Schulmeister gab ihnen einen Zettel mit nach Hause, darauf stand, die Frau Guddas sollte mal vorbeikommen, er hätte was zu besprechen.
»Liebe Frau«, sagte der Schulmeister, »wie kommt es nur, daß Ihre Kinder so furchtbar fluchen können? Die fluchen sogar in der Religionsstunde, wenn andere Kinder singen und beten.«
»Himmelkreuzdonnerwetter!« schimpfte die Frau. »Das soll der feuerrote Teufel wissen, wo die Biester das Fluchen gelernt haben.«

Storchentag in Marienthal

Über Nacht war der Adebar aus Afrika zurückgekommen. Als die Sonne aufging, stand er auf dem Scheunendach und klapperte. Wenn du den ersten Storch fliegen siehst, wirst du fleißig sein ein ganzes Jahr lang. Aber wenn der Adebar auf dem Dach steht, wirst du ein Faulpelz bleiben.
In der Schule sangen wir dem Lehrer ein Liedchen vor:

Der Storch ist gekommen, hat die Bücher genommen.

An sonem Dach jeew dat nuscht to leehre, wi sunge on danzde.

De Oadebar, de Oadebar,
de häd e lange Näs,
on wenn he enne Groawe steiht,
denn kickt he oppe Wäs.

De Storch op dem Dack heerd seck an, wat wi so sunge, on freeid seck doato.

De Oadebar, de Oadebar,
dat es ons leewster Frind,
denn he brengt ons fast jedet Joahr
e leewet, truutstet Kind.

On dat broacht he denn joa ook. He fescht dat Kindke ut dem Marjedoaler Poggendiek, floog doamet op dat Dack on schmeet et en dem Schorrstien. De Mudder fung et met eenem Loake unde op. Vom Schorrstien wär dat Kleeine schwart jeworde. Doaröm motte alle nieje Kinder toerscht enjeweeckd on feein geboad ware. Sonst blefft dat Schwarte kleewe, on se ware kleeine Negerkes.

An diesem Tag gab es nichts zu lernen, wir sangen nur und tanzten.

Der Adebar, der Adebar,
der hat 'ne lange Nase,
und wenn er in dem Graben steht,
dann blickt er auf die Wiese.

Der Storch auf dem Dach hörte sich an, was wir so sangen, und freute sich darüber.

Der Adebar, der Adebar,
das ist unser liebster Freund,
denn er bringt uns fast jedes Jahr
ein liebes, trautes Kind.

Das brachte er auch wirklich. Er fischte das Kind aus dem Marienthaler Poggenteich, flog damit aufs Dach und schmiß es in den Schornstein. Die Mutter fing es mit einem Laken unten auf. Vom Schornstein war das Kleine schwarz geworden. Darum müssen alle neugeborenen Kinder zuerst eingeweicht und fein gebadet werden. Sonst bleibt das Schwarze kleben, und sie werden kleine Negerlein.

Dat Berlinsche Freeileein

Als se dem Marjedoaler Schoolmeeister tom Soldoatespeele entoage, käm e Leehrersche ut Berlin, e doll hibschet Marjellke met korte Hoar on e Stupsnäs.

»Liebe Kinder, ich werde euch die deutsche Sprache beibringen«, wär dat erschte, wat se säd.

Joa, bring du man bi, doachde de groote Jungs, on de Marjellkes gnidderte, wenn de Leehrersche vertelld, wi de feeine Lied en Berlin sproake.

»Das heißt nicht Schulmeistersche, sondern Fräulein Lehrer.«

Se sunge nich mehr »Heer, wat kömmt von buute ren«, ook nich »Ons Schnieder fung e Muus«. Doafer öwt dat Freeileein met enne »Im Frühtau zu Berge« on »Mein Vater war ein Wandersmann«. De Wörder Zoagel, Kujel, Kossebock, Oap, Diewel on Noarschke wull de Berlinersche överhaupt nich mehr heere, de wäre onanständig.

Dat wurd de Muddersch nu doch to veel. Se jinge en de School on säde: »Freeileeinche, Se bringe onsre Kinderkes met de Berliner Sproak ganz dörcheenanner. Et jeheerd seck, dat Se erscht moal onsre Sproak verstoahne, denn könne Se de Gnosse ook Berliner Dietsch biebringe.«

Joa, se wull seck bemeeje, de ostpreißische Sproak to verstoahne. Jede Morje froagd se de Kinder e poar Wörder af: Heemkes sent Ameisen, Kruschkes sent Birnen, Glums es Quark, e Weppzoagelke es e Bachstelz on so wieder.

Das Fräulein aus Berlin

Als sie den Marienthaler Schulmeister zum Soldatenspielen einzogen, kam eine Lehrerin aus Berlin, ein hübsches Mädchen mit kurzen Haaren und einer Stupsnase.

»Liebe Kinder, ich werde euch die deutsche Sprache beibringen«, war das erste, was sie sagte.

Ja, bring du man bei, dachten die großen Jungs, und die Mädchen kicherten, wenn die Lehrerin erzählte, wie die feinen Leute in Berlin sprechen.

»Das heißt nicht Schulmeistersche, sondern Fräulein Lehrer.«

Sie sangen nicht mehr »Heer, wat kömmt von buute ren«, auch nicht »Ons Schnieder fung e Muus«. Dafür übte das Fräulein mit ihnen »Im Frühtau zu Berge« und »Mein Vater war ein Wandersmann«. Die Wörter Schwanz, Eber, Ziegenbock, Affe, Teufel und Arsch wollte die Berlinerin überhaupt nicht mehr hören, die kamen ihr unanständig vor.

Das wurde den Müttern zuviel. Sie gingen in die Schule und sagten: »Fräulein, Sie bringen unsere Kinder mit der Berliner Sprache ganz durcheinander. Es gehört sich, daß Sie erst mal unsere Sprache verstehen, dann können Sie den Kleinen auch Berliner Deutsch beibringen.«

Ja, sie wollte sich bemühen, die ostpreußische Sprache zu erlernen. Jeden Morgen fragte sie die Kinder ein paar Wörter ab: Heemkes sind Ameisen, Kruschkes sind Birnen, Glums ist Quark, ein Weppzoagelke ist eine Bachstelze und so weiter und so weiter.

Noa seß Weeke kunn se de ostpreißische Sproak good verstoahne. De Muddersch käme wedder enne School, seck to bedanke. Se broachde ehr e Pundke Botter met on e Kann Bottermelk.

»Freeileeinche«, säde se, »Se hebbe onsre Sproak so good jeleehrt, et wär doch scheen, wenn Se de Kinderkes en ostpreißisch Platt on nich en Berliner Dietsch onderrechte.«

De Leehrersche överleggd seck dat e Wielke.

»Nee, dat geiht nich«, säd se. »Wenn de Kinder groot sent, welle se veelicht moal e Breef schriewe oader noa Berlin foahre. Et helpt nuscht, se motte de rechtje dietsche Sproak leehre, sonst koame de nich rut ut Marjedoal.«

Joa, so jing dat wieder. De Kinder sunge: »Mein Vater war ein Wandersmann«, on dat Berlinsche Freeileein leehrd seck, wi et es, wenn de Diewel en Ostpreiße Dreck haspelt. So hadde beeide wat von de ostpreißische Sproak.

Nach sechs Wochen konnte sie die ostpreußische Sprache schon gut verstehen. Die Mütter kamen wieder in die Schule, um sich zu bedanken. Sie brachten ihr ein Pfund Butter mit und eine Kanne voll Buttermilch.
»Fräulein«, sagten sie, »Sie haben unsere Sprache so gut gelernt, es wäre doch schön, wenn Sie die Kinder in ostpreußisch Platt und nicht in Berliner Deutsch unterrichten.«
Die Lehrerin überlegte sich das eine Weile.
»Nein, das geht nicht«, sagte sie. »Wenn die Kinder groß sind, wollen sie vielleicht mal einen Brief schreiben oder nach Berlin fahren. Es hilft nichts, sie müssen die richtige deutsche Sprache lernen, sonst kommen sie nicht raus aus eurem Marienthal.«
So ging das weiter. Die Kinder sangen: »Mein Vater war ein Wandersmann«, und das Berliner Fräulein lernte, wie es ist, wenn der Teufel in Ostpreußen Dreck haspelt. So hatten beide etwas von der ostpreußischen Sprache.

Äte on Drinke hölt Liew on Seel tosamme

Essen und Trinken hält Leib und Seele zusammen

Wi Broadbacke jing

Broadbacke wär bi ons to Huus emmer e Stoatsauktschon. Am Dingsdachoawend wurd de Backtrog vonne Lucht jehoolt, e Pungel Mähl renjeschett on met warmem Woater dörchjereehrt. De Suuerdeeg wurd vär dem Schloapegoahne enjedeegt on kunn över Nacht goahne. Biem Endeege most luud kriesche, doamet de Deeg ook geiht. Denn wurd dat äwrigjebleewene Mähl räwerjeschett on dat Ganze met eenem Sack tojedeckt.

Meddweekmorjens dem Backoawe enhetze. Denn jing dat los met Broadkneede. Erscht oppet Portemang goahne, denn Näs putze on Händ wosche, bivär met Kneede anfange kunnst. Eene Stund most jekneed ware, denn wurd de Deeg op dem Desch jeschmeete on en Broadkes enjedeelt. Jedet Broad most feein glattjestreeke ware, doamet de Broadbackersche e scheenem Mann kreej.

Entwesche wär de Oawe utjebrennt. Asch on Gload moste utjefegt on de Backoawe met Woater utjewescht ware. Nu käm dat Grettste vom ganze Broadbacke: Dat Broad most en dem Oawe jeschoowe ware. Tom Schuuwe geihst op de Knee on singst:

Schuuw, schuuw Broadke enne Oawe,
dat leewe Gottke woahnt boawe.

Dreei Stunde bleew dat Broad en dem Oawe. Denn wurd et rutjetoage, dat Mähl afjeberscht on de boawerschte Kerscht met Woater afjereewe, dat et feein

Brotbacken

Brotbacken war bei uns zu Hause immer eine Staatsaktion. Am Dienstagabend wurde der Backtrog vom Boden geholt, ein Sack Mehl reingeschüttet und mit warmem Wasser durchgerührt. Vor dem Schlafengehen wurde Sauerteig beigegeben. Dabei mußte man laut schreien, damit der Teig tüchtig ging. Zum Schluß wurde das übriggebliebene Mehl rübergestreut und das Ganze mit einem Sack zugedeckt.
Am Mittwochmorgen mußte als erstes der Backofen angeheizt werden. Während das Feuer brannte, ging es los mit Brotkneten. Erst aufs Klosett gehen, dann Nase putzen und Hände waschen, bevor du mit dem Kneten anfangen konntest. Eine Stunde mußte geknetet werden, dann wurde der Teig auf den Tisch geworfen und in kleine Brote eingeteilt. Jedes Brot mußte fein glattgestrichen werden, damit die Brotbackerin einen schönen Mann bekam.
Inzwischen war der Ofen ausgebrannt. Asche und Glut wurden ausgefegt und der Backofen mit Wasser ausgewischt. Danach kam das Größte: Die Brote mußten in den Ofen geschoben werden. Zum Schieben ging man auf die Knie und sang:

Schieb, schieb das Brot,
oben wohnt der liebe Gott.

Drei Stunden blieb das Brot im Ofen. Dann wurde es rausgezogen, das Mehl abgebürstet und die oberste Kruste mit Wasser abgerieben, damit sie fein blank

blank utseej. De Broadkes käme en e Sack on wurde op de Lucht jedroage, doa schemmelt et nich so schnell. Een Broad bleew op dem Desch tom Anschniede. De Mudder schloag dat Kriez, nähm dat Broad to de Brost on schneed met dem Mässer e poar Schiewkes af. Jeder kreej e Steck tom Schmecke. Botter on Solt op warmet Broad, doavon kunnst nich jenoog krieje. Dörch dat ganze Huus toag e Doft von freschem, warmem Broad.

Jerechte tom Renhucke

Dat Äte wär em ostpreißische Katechismus dat erschte Hauptsteck.

»Doa häst du recht«, säd de Schonski. »Oaver e Schlubberke Drinke jeheerd ook doato. Drinke leehrt dem Tongke loope.«

»En Beetebartsch kann eck mi renhucke«, säd de Ulnat.

»Flinse sent noch beeter«, meent de Schonski. »Kartoffelflinse, Mählflinse on Beestflinse kannst mi jedem Dach jeewe, am leewste verreehrt met Broadsopp on Rosinkes. Ook Appelkes ut dem Oawereehr schmecke doato.«

»Wenn de Mudder Strieselfloade backd, kunnst dat e halwe Miel jegen dem Wind rieke«, säd de Ulnat.

»Suure Glums jeew wi leever en dem Patschemmer de

aussah. Die Brote kamen in einen Sack und wurden auf den Boden getragen, damit sie nicht so schnell schimmelten. Ein Brot blieb auf dem Tisch zum Anschneiden. Die Mutter schlug das Kreuz, hielt das Brot vor die Brust und schnitt mit dem Messer ein paar Scheiben ab. Jeder bekam ein Stück zum Probieren. Butter und Salz auf warmem Brot, davon konnte man nicht genug kriegen. Durchs ganze Haus zog ein Duft von frischem, warmem Brot.

Gerichte zum Reinsetzen

Das Essen war im ostpreußischen Katechismus das erste Hauptstück.

»Da hast du recht«, sagte Schonski. »Aber ein Schluckchen Trinken gehörte auch dazu. Trinken machte der Zunge Beine.«

»In Rote Beete kann ich mich reinsetzen«, sagte Ulnat.

»Puffer sind noch besser«, meinte Schonski. »Kartoffelpuffer, Mehlpuffer, Beestpuffer, die kann ich jeden Tag essen, am liebsten verrührt mit Brotsuppe und Rosinen. Auch Äpfel aus der Ofenröhre schmecken gut dazu.«

»Wenn die Mutter Streuselfladen backte, konntest du das eine halbe Meile gegen den Wind riechen«, sagte Ulnat.

Schwienkes to fuddere, Schwartsuur schmeckt good, on Sperkel op schwartem Broad kann eck morjens on oawends verdröcke. On wenn nuscht mehr geiht, kannst de Knoakes besuckele.«

»Met Kielke häd schon manch eener Ongleck anjerecht. De ligge schwoar em Bröch on kullere von eene Sied to de annere. Wenn oawends Kielke jejäte häst, kömmt di de Alb beseuke. De liggt wi e Zentnerschwien op dem Buuk on moakt luude Jeriesche. De Alb jefft nich eher Ruh, bivär de Loft met Donnerhall afjegange es.«

»Suurem Komst on Pluumesopp helpe jegen Verstoppung. Arfte kullern vonnes Mässer, doaröm most se enne Sopp koake.«

»Noa Suurampersopp kannst wied kicke, von Schlunz es noch keeiner satt jeworde. Oaver e Duufke am Sinndach es wat Feeinet.«

»Kujelfeet most probeere, wenn de Iesbloomkes am Finster bleehje. Zippel jeheere doato on Meiran ut dem Goarde.«

»Wenn du mummeldrächtig best on de Kaldunkes full sent, most e Piep rooke«, säd de Ulnat. »Värmeddach dreei on Noameddach Piep fer Piep.«

»Wiehnachte, Ostern on Pingste steck eck mi noa dem Äte e Ziehgarr an«, vertelld de Schonski. »Dat freeid de Fruuens. Wenn de Ziehgarrdonst dörch dat Huus geiht, segge se: Et riekt noa Mann.«

»Hebb wi noch wat verjeete?« froagd de Ulnat.

»E Pillkaller met Leewerworscht«, schloag de Schonski vär. »Denn hebb wi von allem jenoog.«

»Sauren Quark geben wir lieber in den Abfalleimer für die Schweine, aber Schwarzsauer schmeckt um so besser, und Speck auf schwarzem Brot kann ich morgens und abends verdrücken. Wenn nichts mehr geht, kannst noch die Knochen ablutschen.«

»Mit Klößen hat schon mancher Unglück angerichtet. Die liegen schwer im Bauch und kullern von einer Seite zur anderen. Wenn du abends Klöße gegessen hast, kommt der Alb zu Besuch. Der liegt wie ein Zentnerschwein auf dem Bauch und macht laute Geräusche. Er gibt nicht eher Ruhe, bis die Luft mit Donnerhall abgegangen ist.«

»Sauerkraut und Pflaumensuppe helfen gegen Verstopfung. Erbsen kullern vom Messer, darum mußt du sie in die Suppe kochen und mit dem Löffel essen.«

»Nach Sauerampfersuppe kannst weit gucken, aber von Wassersuppe ist noch keiner satt geworden. Am Sonntag gehört ein Täubchen in den Kochtopf.«

»Eisbein mußt du probieren, wenn Eisblumen am Fenster blühen. Dazu gehören Zwiebeln und Majoran aus dem Garten.«

»Ist der Magen voll, rauchst eine Pfeife«, sagte Ulnat. »Vormittags drei und nachmittags Pfeife für Pfeife.«

»Weihnachten, Ostern und Pfingsten stecke ich mir nach dem Essen eine Zigarre an«, erzählte Schonski. »Das freut die Frauen. Wenn der Zigarrendunst durchs Haus zieht, sagen sie: Es riecht so nach Mann.«

»Haben wir noch was vergessen?« fragte Ulnat.

»Einen Pillkaller mit Leberwurst«, schlug Schonski vor. »Dann haben wir von allem genug.«

Jefillte Fesch

Erscht most dem Hecht griepe, e rechtig grootem, so e halwe Meter lang. Denn ward em de Huut afjetoage, dat Fleesch von de Groades jepuult on termoahle. En dem Klompatsch reehrd de Mudder Eeikes, Botter, Riewbroad on e beske Woater ren. Denn schmeckd se met Peper on Solt af on stoppd dem Brie torick en dem Feschhuut. De Huut ward tojeneejt on dem Fesch enne Broatpann op Preckelkes jeleggt, doamet nuscht anbrennt. Wenn de Fesch dörchjebroade es, kömmt he met dem Pann op dem Desch. Ent Muul kreecht he e Zitron oder e Bloomke, doamet et scheen utsitt.

Hoaskebroad

Em halw seß wär Freehsteckstied. Om seß jinge de Oarbeeider met ehre Sense oppet Föld, dat Koorn to schniede. Em neeje Uhr jeew et schon Kleen-Meddach, dat broachde de Kinder rut op dat Föld.
De Männer leeje tofreede em Gras, de Fruuens huckde em Kries on braaschde. Kleen-Meddach jeew et emmer speckefett to äte, Broad met Schinke on Worscht, ook Käs on mängsmoal e Eeike. Tom Drinke broachde de Kinder e Kann met dicke Melk, de Fruuens kreeje Plurksch, witt jemoakt met Melk on seut jemoakt met

Gefüllter Fisch

Erst mußt du einen Hecht greifen, einen großen, so ungefähr einen halben Meter lang. Dann ziehst ihm die Haut ab, pulst das Fleisch von den Gräten und rührst in den Brei Eier, Butter, Reibebrot und ein bißchen Wasser. Schmeckst mit Pfeffer und Salz ab und gibst den Brei zurück in die Fischhaut. Die Haut wird zugenäht und der Fisch auf Stöckchen in die Bratpfanne gelegt, damit er nicht anbrennt. Ist der Fisch durchgebraten, kommt er mit der Pfanne auf den Tisch. Ins Maul steckte ihm die Mutter eine Zitrone oder ein Blümchen, damit es schön aussah.

Hasenbrot

Um halb sechs war Frühstückszeit. Um sechs gingen die Arbeiter mit ihren Sensen aufs Feld, um das Korn zu schneiden. Gegen neun Uhr gab es schon Kleinmittag, das brachten die Kinder aufs Feld.

Die Männer lagen zufrieden im Gras, die Frauen saßen im Kreis und unterhielten sich. Zu Kleinmittag gab es immer ein kräftiges Essen, Brot mit Schinken und Wurst, auch Käse und manchmal ein Ei. Zum Trinken brachten die Kinder eine Kanne dicker Milch mit, die Frauen bekamen Kaffee, der mit Milch weiß und mit

Zacharin. Noa e halw Stund kickd de Buuer op dem Tickert on moakd sien Sens scharp. Nu sull et wieder goahne met de Oarbeeid. Fer de Mannslied wurd noch e Schnaps utjedeeld, dat jeheerd seck so. Manche wulle dem Schnaps nich drinke on jeewe em fer annere. Doafer kreeje se von denne ehr beleechtet Broad. Dat nähme se met fer ehre Kinder, wenn se oawends noa Huus jinge. De käme all emmer anjerennt on froagde:
»Voader, häst hied Hoaskebroad metjebroacht?«
»Joa, eck seej e grootem Hoaskebock över mienem Leschke hoppse«, säd de Voader.
Wie freeide seck de Kinder, wenn jeder e Happke Worschtbroad afkreej.

Kiekel em Eei

Dat beste Äte jeew et joa emmer am Marktdach. Doa kunnst met dem Finger Schmeckbotter lecke, Worscht probeere, ook schneede de oole Wiever von dem Käs ut Tels e Stremelke af. Op dem Markt en Angerborg had de Klucketreeder Janz eenmoal e Bucht met allerlie Jefleugel opjestellt. Siene Fruu verkoffd Eeierkes.
Dem Schmandschmecker Kösling es et passeert, dat he e Heehnereeike utdrinke wull tom Probeere, op de Eeikes good on fresch sent. Wie he nu dem Schlung opsparrt on dat Eeike drinkt, markt he, dat doa schon e

Zucker süß gemacht worden war. Nach einer halben Stunde blickte der Bauer auf seine Taschenuhr und schärfte die Sense, es sollte weitergehen mit der Arbeit. Für die Männer wurde noch ein Schnaps ausgeschenkt, das gehörte sich so. Einige wollten den Schnaps nicht trinken und gaben ihn weiter für andere. Dafür bekamen sie von denen die belegten Brote. Die Brote nahmen sie mit für ihre Kinder. Wenn sie abends nach Hause gingen, kamen die Kinder ihnen entgegengelaufen und fragten: »Vater, hast du Hasenbrot mitgebracht?«

»Ja, ich sah einen großen Hasenbock über meinen Rucksack springen«, sagte der Vater. Und die Kinder freuten sich, wenn jeder einen Happen Wurstbrot bekam.

Küken im Ei

Das beste Essen gab es am Markttag. Da konntest du mit dem Finger Butter lecken, Wurst probieren, auch schnitten dir die Marktfrauen vom Tilsiter Käse einen Stremel ab zum Schmecken. Auf dem Markt in Angerburg hatte einmal der Geflügelhändler Janz einen Stand mit allerlei Federvieh aufgebaut. Seine Frau verkaufte Eier.

Dem Milchkontrolleur Kösling passierte es, daß er ein Hühnerei austrinken wollte, um zu probieren, ob die Eier gut und frisch waren. Wie er nun den Mund auf-

kleeinet Kiekel krabbelt. He överlegt: Sull eck dat utkotze oder runderwörge? Wat du häst, dat häst du, doachd he on schluckd dem Kiekel runder.
»Na, Mannke, welle Se nich e poar Eeikes köpe?« froagd de Fruu von dem Klucketreeder.
»Ach, hucke Se man noch e poar Doag op de Eeier«, säd de Kösling. »Näckste Week koam eck värbi on köp de Kiekel.«

Marktwiever

Op dem Markt in Tels sunge de Wiever emmer:

Fruuke, wenn Se Wruuke bruuke,
nähme Se von miene Wruuke.

Dat Leed von de Keenigsbarger Feschwiever jing so:

Hoolt Stint, hoolt Stint, solang noch welke sent.

De Keenigsbarger Feschwiever heelde seck ook e Pojatz tom Vergneuje fer de Kunschaft. Dat kleeine Mannke stund op e Holtkist met em Emmerke full Feschkes enne Hand.
Wenn de Lied käme, greep he in dat Emmerke, hoald e Feschke rut, höld dem Fesch enne Loft, sparrd dat Muul op on schmeed em in de Gorgel. Kunnst rechtig

sperrt und das Ei trinkt, merkt er, daß da schon ein kleines Küken krabbelt. Er überlegt: Soll ich das nun ausspucken oder runterwürgen? Was du hast, das hast du, denkt er und schluckt das Küken runter.
»Na, willst nicht ein paar Eier kaufen?« fragt die Frau des Geflügelhändlers.
»Ach, sitz man noch ein paar Tage auf den Eiern«, antwortet der Kösling. »Nächste Woche komm' ich vorbei und kaufe die Küken.«

Marktfrauen

Auf dem Markt in Tilsit sangen die Frauen:

Frauchen, wenn Sie Wruken brauchen,
nehmen Sie von meinen Wruken.

Das Lied der Königsberger Fischweiber ging so:

Holt Stint, holt Stint, solange noch welche sind.

Die Königsberger Fischweiber hielten sich auch einen Spaßmacher, um die Kundschaft zu unterhalten. Der kleine Mann stand auf einer Holzkiste mit einem Eimerchen voller Fische in der Hand.
Wenn die Leute kamen, griff er in den Eimer, holte einen Fisch raus, hielt ihn in die Luft, sperrte den Mund auf und schmiß den Fisch in die Gurgel. Man

seehne, wi dat Feschke dem Schlung runderschorrt wi bi eenem Feschreeijer.
Oogenbleck spoader säd de Pojatz, he well dat Feschke wedder tom Läwe bringe. He höld beeide Händ vär dat Muul on wörgd on wörgd, bet dat Feschke rutjekroope käm on lostig zappeld wi niejeboare.

In Tapiau, jliek hinder de Verrecktenanstalt, läwd e Fruu, de jing jede Week to Markt, om Feschkes to broade on to verköpe. Se had ehre Fesch so dresseert, dat se e Meter ut de Pann springe kunne, ren en e Tuut.

Op dem Turgus en Gumbinne käm eenmoal e doll feeine Doam met em goldne Pengsnee oppe Näs.
»De Appelkes hebbe oaver bruune Punktkes«, säd se to de Marktfruu. »De sent bestemmt von benne molsch.«
Doa stemmd de Fruu beeide Händ enne Sied.
»Se hebbe doch de ganze Frät voll bruune Punktkes!« schempt se. »Am End send Se ook von benne molsch.«

konnte richtig sehen, wie der Fisch den Hals runterrutschte wie bei einem Fischreiher.
Einen Augenblick später sagte der Spaßmacher, er werde das Fischchen wieder zum Leben erwecken. Er hielt beide Hände vor den Mund, würgte und würgte, bis der Fisch rausgekrochen kam und lustig zappelte wie neu geboren.

In Tapiau, gleich hinter der Verrücktenanstalt, lebte eine Frau, die ging jede Woche zum Markt, um dort Fische zu braten und zu verkaufen. Sie hatte ihre Fische so dressiert, daß sie einen Meter aus der Pfanne springen konnten, direkt hinein in eine Tüte.

Auf dem Markt in Gumbinnen erschien einmal eine fein herausgeputzte Dame mit einer goldenen Brille auf der Nase.
»Die Äpfel haben aber braune Punkte«, sagte sie zu der Marktfrau. »Die sind bestimmt von innen faul.«
Da stemmte die Frau beide Hände in die Seite.
»Sie haben doch das ganze Gesicht voll brauner Punkte!« schimpfte sie. »Am Ende sind Sie auch von innen faul.«

Wettäte

En Marjedoal jeew et eenmoal em Joahr Wettäte met Keenigsbarger Klops. Wer de meeiste verdrecke kunn, wurd Keenig on dörft seck omsunst besuupe.
De Brunklas had schon twintig on veer Klopse vertilgt. Bloßig eener wär enne Pann on kickd ganz truurig to dem Brunklas. Et wär bloßig e kleeinet Happke, oaver de Klops wull nich rundergoahne.
»Wenn eck jewußt häd, wi schwoar du mi warscht«, säd de Brunklas to dem Klops, »häd eck di jliek to Anfang jefräte.«

Hoolt Stint!

Em Harwst käme de groote Kähn vom Haff on broachde Stint en Holttonne tom Verköpe an de Buure. Morjens freeh klabasterde de Fescher met ehre Gänserompe de Stroat lang on schreeje: »Hoolt Stint! Hoolt Stint!« Denn spannde de Buure de Peerd vär de Woagens on foahrde tom Gilgestrom, wo de Kähn festjemoakt hadde. Se koffte dem Stint schäpelwies on betoalte met Kartoffeln, de de Fescher metnähme en ehre Hieser op de Kursche Nehrung, doamet se ook wat to äte hadde em Winter.

Wettessen

In Marienthal veranstalteten sie einmal im Jahr ein Wettessen mit Königsberger Klopsen. Wer die meisten verdrücken konnte, wurde König und durfte sich umsonst betrinken.

Der Brunklas hatte schon vierundzwanzig Klopse gegessen. Nur einer lag noch in der Pfanne und blickte ihn traurig an. Es war nur ein kleiner Happen, aber der Klops wollte nicht runterrutschen.

»Wenn ich gewußt hätte, wie schwer du mir wirst«, sagte der Brunklas zu dem Klops, »hätte ich dich gleich am Anfang gefressen.«

Holt Stint!

Im Herbst kamen die großen Kähne vom Haff zum Gilgestrom. Sie brachten Stint in Holztonnen, um sie an die Bauern zu verkaufen. Früh am Morgen liefen die Fischer in ihren Holzpantoffeln die Straße entlang und riefen: »Holt Stint! Holt Stint!« Die Bauern spannten die Pferde vor den Wagen und fuhren zum Strom. Dort kauften sie den Stint scheffelweise und bezahlten mit Kartoffeln, die die Fischer zu ihren Häusern auf der Kurischen Nehrung mitnahmen, damit sie auch im Winter was zu essen hatten.

Met dem Stint fudderde de Buure ehre Schwien. Et stunk gruulich, oaver de Schwien freeide seck on wurde dick on rund. Seß Weeke vär dem Schlachte kreeje se keeinem Stint mehr en dem Trog, sonst stunk dat Schwienfleesch noa Fesch.
Ook de Mensche hebbe Stint jejäte. E poar groote Stint wurde utjeleese, jekoakt oader jebroade. Dat wär e feeinet Jerecht, bloßig mehr als eenmoal em Joahr kunnst et nich verdroage, sonst fungst ook an noa Fesch to stinke.

Mit Stint fütterten die Bauern ihre Schweine. Es stank grausig, aber die Schweine freuten sich und wurden dick und rund. Sechs Wochen vor dem Schlachten bekamen sie keinen Stint mehr in den Trog, sonst stank das Schweinefleisch nach Fisch.
Auch die Menschen haben Stint gegessen. Ein paar große Stinte wurden aussortiert, gekocht oder gebraten. Es war ein feines Gericht, aber mehr als einmal im Jahr konntest du es nicht vertragen, sonst fingst du auch an, nach Fisch zu stinken.

Von Wiehnachte bet Pluumepingste

Von Weihnachten bis Pflaumenpfingsten

E Wiehnachtsriemelke

Wiehnachte fung joa emmer schon am Niklasdach an. Doa käm de Wiehnachtsmann tom erschte Moal kicke, wat so los es enne Kinderstoaw. He froagd noa de Schooloarbeeide on op de Kinderkes seck veel zarge on Dommheeite beriete. He käm denn emmer eftersch. Em Diestere kunnst nich rutgoahne, hinder jede Huuseck luuerd e Wiehnachtsmann on knalld met siene Pitsch. Oawends käm he ant Finster. He had e gruuliche Larv em Jesecht on Mudders Bessem enne Hand. Am beste wär, onder dem Desch to kruupe on to wachte, bet he to Noabarsch Kinder jegange wär.

»Tom Heeilje Oawend most e Jedicht leehre«, säd de Mudder, »sonst jefft dat nuscht, on de Wiehnachtsmann hoolt dem Kneppel ut dem Sack.«

De Riemelkes, de se mi vertellde, jefulle mi alle nich: »Lieber guter Weihnachtsmann … Von drauß' vom Walde komm' ich her … Ich will auch immer schön artig sein …« Nee, dat wär nich noa miene Mötz. Eck doachd mi, e nieet Jedicht to leehre on dem Wiehnachtsmann am Heeilje Oawend optosegge. On so fung dat an:

De Wiehnachtsmann kömmt ut dem Woold,
he häd ganz roode Ohre.
En jedem Huus drinkt he e Schnaps,
denn kann he Schlädke foahre.

Ein Weihnachtsgedicht

Weihnachten fing ja immer schon am Nikolaustag an. Da kam der Weihnachtsmann, um zu sehen, was so los war in der Kinderstube. Er fragte nach den Schularbeiten und ob die Kinder sich viel gestritten und Dummheiten gemacht hätten. Danach kam er immer wieder. Im Dunkeln konntest du nicht auf die Straße gehen, hinter jeder Hausecke lauerte ein Weihnachtsmann und knallte mit seiner Peitsche. Abends kam er auch ans Fenster. Er hatte eine grausige Larve im Gesicht und Mutters Besen in der Hand. Am besten war es, unter den Tisch zu kriechen und abzuwarten, bis der Weihnachtsmann zu Nachbars Kindern gegangen war.
»Zum Heiligen Abend mußt du ein Gedicht lernen«, sagte die Mutter, »sonst gibt es nichts, und der Weihnachtsmann holt den Knüppel aus dem Sack.«
Die Reime, die sie mir erzählte, gefielen mir alle nicht: »Lieber guter Weihnachtsmann …, Von drauß' vom Walde komm' ich her …, Ich will auch immer schön artig sein …« Nein, das war nicht nach meiner Mütze. Ich dachte mir, ein neues Gedicht zu lernen und dem Weihnachtsmann am Heiligen Abend aufzusagen. Und so fing es an:

Der Weihnachtsmann kommt aus dem Wald,
er hat ganz rote Ohren.
In jedem Haus trinkt er 'nen Schnaps,
dann kann er Schlitten fahren.

He trampelt ons de Stoawe full
met Ies on Schniejestöver.
De Mudder hoolt dem Kodder her
on wescht de Deele över.

Nu huck di hen, wi singe di
e Leed vom heeilje Chrest.
Dem Kneppel loat man hier bi ons,
bet wedder Wiehnacht es.

Als eck to End jekoame wär, most de Wiehnachtsmann so luud lache, dat em de Mask vonne Näs full. Doa wär et värbi met siene Herrlichkeeit, on jeder kunn seehne, dat de Schusseekratzer Schimkat dem Wiehnachtsmann speeld.
Joa, so wär dat bi ons in Ostpreiße en de oole Tiede, als et noch Wiehnachtsmannkes jeew.

Schemmelrieder on Fedderhochtied

De tweelw Doag von Wiehnachte bet Heeilje Dreei Keenige wäre e besondere Tied. Jedem Dach most noa dem Weeder kicke. So wi dat Weeder enne Tweelwte es, ward et em nieje Joahr ware, een Dach fer jedem Monat. Wosche dörfst nich, sonst jeew et Doodige em Huus. Allet, wat seck drelld, dörft nich loope, de Spennwocke nich, Melkschlieder nich, ook keein Neejma-

Er trampelt uns die Stube voll
mit Eis und Schneegestöber.
Die Mutter holt den Lappen her
und wischt die Dielen über.

Nun setz dich hin, wir singen dir
ein Lied vom heil'gen Christ.
Den Knüppel laß man hier bei uns,
bis wieder Weihnacht ist.

Als ich zum Ende gekommen war, mußte der Weihnachtsmann so laut lachen, daß ihm die Maske von der Nase rutschte. Da war es vorbei mit seiner Herrlichkeit, und jeder konnte sehen, daß der Straßenwärter Schimkat den Weihnachtsmann spielte.
Ja, so war das bei uns in Ostpreußen in den alten Zeiten, als es noch Weihnachtsmänner gab.

Schimmelreiter und Federnhochzeit

Die zwölf Tage von Weihnachten bis Heilige Drei Könige waren für uns eine besondere Zeit. An jedem Tag mußtest du nach dem Wetter schauen. So wie das Wetter in den Zwölften ist, wird es im neuen Jahr werden, ein Tag für jeden Monat. Waschen durftest du nicht, sonst gab es Tote im Haus. Alles, was sich drehte, durfte nicht laufen, der Spinnwocken nicht, die Milch-

schien. Et wurd nich jehackselt on keein Mest jefoahre. Ook Danze wär verboade, sonst käm Krankheeit ent Huus. Feddereriete on Holthacke wäre de eeinzige Oarbeeide en de tweelw Doag. Bi de Fedderhochtied huckd wi am Oawe on hebbe veel jesunge.

De Tweelwte wäre ook e gruuliche Tied. Om Meddernacht bleewe am Kriezwej de Peerd stoahne. Se zoppte torick, bet de Kutscher noa väre jing on dat heeilje Kriez schloag. De Wind joagd dörch dem Käkedär on huuld enne koahle Beem. Enne Schmeed haud eener met dem Possekel op kold Iesen, on e Schucher rennd di över dem Rick, wenn de schwarte Voagels en de Nacht kraade. Doa kröppst am beste onder dem Todeck on hölst di de Oohre to.

Oawends käme de Schemmelrieder op dem Hoff. Seewe junge Kerdels hadde seck als Schorrsteenfeejer, Boar, Boarlieder, Schemmelrieder, Zigoansche, Oadebar on Dood verkleedt. De Boarlieder knalld met de Pitsch on leed dem Boar danze. De Oadebar hackd met sienem Schnoabel noa de Fruuens, de Schorrsteenfeejer kiddeld enne met dem Bessem, de Zigoansche pracherd jedem an. De Schemmelrieder huckd op eenem Steckepeerd on wieherd wi e Hingst, de Dood säd keein Muckske nich. E wittet Loake omjehängt, de Sens op dem Rick, so schleech he dörch alle Stoawe.

schleuder nicht, auch keine Nähmaschine. Es wurde nicht gehäckselt und kein Mist gefahren. Auch Tanzen war verboten, weil sonst Krankheiten ins Haus gekommen wären. Federnreißen und Holzhacken waren die einzigen Arbeiten, in den zwölf Tagen die Zeit zu vertreiben. Bei der Federnhochzeit saßen wir am Ofen und haben viel gesungen.

Die Zwölften waren auch eine Gespensterzeit. Um Mitternacht blieben am Kreuzweg die Pferde stehen. Sie ruckten zurück, bis der Kutscher nach vorn ging und das heilige Kreuz schlug. Der Wind jagte durch die Küchentür und heulte in kahlen Bäumen. In der Schmiede haute einer Nacht für Nacht mit dem Possekel auf Kalteisen, und ein Schauder lief dir über den Rücken, wenn die schwarzen Vögel in den Bäumen lärmten. Am besten war es, unter die Zudecke zu kriechen und die Ohren zuzuhalten.

Abends kam der Schimmelreiter auf den Hof. Sieben junge Leute hatten sich als Schornsteinfeger, Bär, Bärenführer, Schimmelreiter, Zigeunerin, Storch und Tod verkleidet. Der Bärenführer knallte mit der Peitsche und ließ den Bären tanzen. Der Storch hackte mit seinem Schnabel nach den Frauen, der Schornsteinfeger kitzelte sie mit dem Besen, die Zigeunerin bettelte jeden an. Der Schimmelreiter saß auf einem Steckenpferd und wieherte wie ein Hengst, der Tod sagte kein Wort. Ein weißes Laken umgehängt, die Sense auf dem Rücken, so schlich er durch alle Stuben.

Niejoahrsoawend

To Niejoahr wurd Pannkoake jebacke. Wär de Schätel full, nähm de Marjell, de noch keenem Briedgam had, de Pannkoakeschätel en dem Arm on rennd doamet em Diestern om dat Huus. Von welke Sied de Hund belld, von doa ward de Briedgam em nieje Joahr koame.
Schlorreschmiete wär ook so e Spoas on Niejoahrsoawend. Leggst di op dem Boddem, dem Schlorr häst oppem Foot on schmeetst em di över dem Kopp. Wiest de Spetz von dem Schlorr to dem Där, warscht em nieje Joahr ut dem Huus goahne. Zeigt de Spetz noa benne, bleffst to Huus. Drellt seck de Schlorr noa de Sied, jefft et boald Hochtied. Am letzte Niejoahrsoawend, bivär wi op de Flucht jinge, heb eck dem Schlorr dreeimoal jeschmeete – de Spetz zeigd emmer to dem Där.
En de Niejoahrsnacht käme ook de Verstorvene noa Huus, om seck am Oawe to warme on de Anjehörige noch eenmoal to seehne. De Stund noa Meddernacht most stell sien, om de Verstorvene nich to vergruule.

Neujahrsabend

Zu Neujahr wurden Pfannkuchen gebacken. War die Schüssel voll, nahm das Mädchen, das noch keinen Bräutigam hatte, die Pfannkuchenschüssel in den Arm und lief damit im Dunkeln um das Haus. Wo der Hund bellte, von dort wird der Bräutigam im neuen Jahr kommen.

Schuhewerfen war auch ein Spaß am Neujahrsabend. Legst dich auf den Boden, hast den Holzschuh am Fuß und wirfst ihn über deinen Kopf. Zeigt die Spitze zur Tür, wirst du im neuen Jahr aus dem Haus gehen. Zeigt die Spitze nach drinnen, bleibst du zu Hause. Dreht sich der Schuh nach der Seite, wird es bald Hochzeit geben. Am Neujahrsabend, bevor wir auf die Flucht gingen, habe ich dreimal den Schuh geworfen – die Spitze zeigte immer zur Tür.

In der Neujahrsnacht kamen auch die Verstorbenen nach Hause, um sich am Ofen zu wärmen und die Angehörigen noch einmal zu sehen. Die Stunde nach Mitternacht mußte still sein, um die Verstorbenen nicht zu vergraulen.

Dat grettste Christefest

Greendonnerschdach backd de Mudder Kringel. Doa motst di dem Bröch fullschloaje, denn Stellfriedach jeew dat bloßig Schlunz on e Kampe dröjet Broad, wiel em Heeilje Land Jesus noa Golgatha jing met dem schwoare Kriez oppem Puckel. Alle Lied rennde met truurige Jesechter rom, noa Wippkes wär keeinem to Moat.

Ostersinnoawend seech et schon e beske beeter ut. Doa käm e Schätel Schabbelbohne op dem Desch met Kartoffel on Kurreflochte. Bet tom Oawend zerkuverte seck alle von de veele Truurigkeeit.

Am Sinndach stund wi freeh op, om to seehne, wi dat Osterlamm dörch de Sinn hoppst. Tom Freehsteck jeew et e Eeike fer jedem, ook e Zoagelke Worscht. On en dem Kerk sunge se »Christ ist auferstanden«.

Bivär de Sinn opjing, hoold wi Osterwoater. Seggst keeinem Mucksch on geihst to e Quell oader eenem Bach, kniest doal on scheppst dat fresche Woater, bringst dem Kruuk noa Huus on besprenkselst alle Mensche em Huus met Osterwoater. Dat wär good fer de Frochtbarkeeit. Met dem äwrije Woater woscht du di Jesecht on Händ. Dat sull di Gleck bringe, Jesondheeit on Scheenheeit. Ook häst dat ganze Joahr keeinem Utschlag.

To Meddach stund Kalwsbroade op dem Desch. De Voader toag dem Proppe ut dem Flasch Koppskiekelwien on jeew jedem e Schlubberke von dem roode Woater. Denn jing dat so wieder met Äte on Drinke.

Das größte Fest der Christenheit

Am Gründonnerstag backte die Mutter Kringel. Da mußtest du dir den Bauch vollschlagen, denn am Karfreitag gab es bloß Wassersuppe und ein Stück trockenes Brot, weil im Heiligen Land der Heiland mit dem schweren Kreuz auf dem Buckel nach Golgatha gehen mußte. Alle Menschen rannten mit traurigen Gesichtern rum, nach Späßen war keinem zumute.

Ostersonnabend sah es schon ein wenig besser aus. Da kam eine Schüssel Bohnen auf den Tisch mit Kartoffeln und Putenflügeln. Bis zum Abend erholten sich alle von der großen Traurigkeit.

Am Sonntag standen wir früh auf, um zu sehen, wie das Osterlamm durch die Sonne springt. Zum Frühstück gab es ein Ei für jeden, auch ein Stückchen Wurst. Und in der Kirche sangen sie »Christ ist auferstanden«.

Bevor die Sonne aufging, holten wir Osterwasser. Dabei darfst du kein Wort sagen, gehst zu einer Quelle oder einem fließenden Bach, kniest nieder und schöpfst das frische Wasser, bringst die Kruke nach Hause und bespritzt alle Menschen, die dir begegnen. Das sollte gut sein für die Fruchtbarkeit. Mit dem übriggebliebenen Wasser wäschst du dir Gesicht und Hände. Das sollte Glück bringen, Gesundheit und Schönheit. Auch hast du vom Osterwasser ein ganzes Jahr lang keinen Ausschlag.

Zum Mittag stand Kalbsbraten auf dem Tisch. Der Vater zog den Korken aus der Flasche Johannisbeerwein und gab jedem ein Schluckchen von dem roten Wasser.

Noameddach käme Moahnkoake on Beenestech ut de Spieskoamer. De Fruuens drunke Plurksch. Wenn de Buuk fulljepremst wär, jing wi op dem Hoff noa dem Weeder kicke. Dat Hundke belld, de Voagelkes piepde op dem Dack, on de Osterhoaske rennd över dem letzte Schnie, de Eeikes to hoole on to bemoale. Osteroawend dörfst ook schon op dem Fiddel speele on äwermödige Leeder singe. De Mannslied probeerde e Flaschke Kobolskewoater.

Denn wär Oster emmer noch nich to End. Am Moondachmorje jeew et groote Opregung. Moal seehne, op de Osterhoaske wat jebroacht häd. Alle rennde ruut en dem Goarde on kickde onder Beesch on Beem. Hier wär e Zockereei on doa et Steckke Moarzpoan. Ook een poar Heehnereeier, rood bemoalt wi Mudders Flekkerzich, had de Hoaske anjeschleppt on en dem Dreck jeschmeete. Dreeibastig wär he ook ent Huus jehoppst on häd enne Käk e kleeinet Nestke fer Mudder jebuut. Renjelecht had he de erschte Bloomkes, de ut dem Schnie jekroope wäre.

So jing dat wieder met Ostern. De Kinderkes hoolde seck Berkeastkes, de greene Knospkes hadde. Doamet rennde se dörch dat Derp von Där to Där tom Schmackostern. Se sunge dat Schmackosterleed on schloage de Mensche so lang op dat Noarschke, bet se e Bommerke, e Eeike oader e Steck Floade bekäme.

So jing dat grettste Fest von de Christeheeit to End. De Sinn frät dem letzte Schnie, de Voagelkes stemmde Leeder an, on alle freeide seck op Pingste.

Danach ging es weiter mit Essen und Trinken. Nachmittags kamen Mohnkuchen und Bienenstich aus der Speisekammer. Die Frauen tranken Kaffee. Wenn der Bauch voll war, gingen wir auf den Hof, um nach dem Wetter zu schauen. Der Hund bellte, die Vögel piepten auf dem Dach, und der Osterhase lief über den letzten Schnee, die Eier zu holen und zu bemalen. Am Osterabend durften wir auch schon auf der Fiedel spielen und übermütige Lieder singen. Die Mannsleute probierten eine Flasche Schnaps.
Danach war Ostern immer noch nicht zu Ende. Am Montagmorgen gab es große Aufregung. Mal sehen, ob der Osterhase was gebracht hat. Alle liefen in den Garten und schauten unter Büsche und Bäume. Hier war ein Zuckerei und da ein Stückchen Marzipan versteckt. Auch ein paar Hühnereier, rot bemalt wie Mutters Flickenbeutel, hatte der Hase angeschleppt und in den Dreck geworfen. Frech war er auch ins Haus gesprungen und hatte in der Küche ein kleines Nest für Mutter gebaut. Reingelegt hatte er die ersten Blumen, die aus dem Schnee gekrochen waren.
So ging das weiter mit Ostern. Die Kinder holten sich Birkenäste, die schon grüne Knospen hatten. Damit liefen sie durch das Dorf von Tür zu Tür zum Schmackostern. Sie sangen das Schmackosterlied und schlugen den Menschen so lange auf das Hinterteil, bis sie einen Bonbon, ein Ei oder ein Stück Fladen bekamen.
So ging das größte Fest der Christenheit zu Ende. Die Sonne fraß den letzten Schnee, die Vögel stimmten Lieder an, und alle freuten sich auf Pfingsten.

Von Peerdkes, Schudelkes on annerem Jedeer

Von Pferden, Hunden und anderem Getier

Hoaske on Schwieneejel

Bi ons to Huus häd wi ook e Hoaske, de met dem Schwieneejel om de Wett loope wull op eenem Stertacker twesche Kraupischken on Mallwischken.

De Schwieneejel säd to siene Fruu: »Komm du man Meddweek op dat Föld, Ilske. Eck hebb met dem Hoas jewett, wer am schnellste renne kann.«

»Best du dammlich jeworde?« froagd de Eejelfruu. »De Hoas kann hoppse wi e Windhund.«

Se deerd seck nich recht op dem Stertacker to goahne, oaver de Eejelmann reed ehr good to: »Du bruukst nuscht to moake, Fruu. Huckst di en de Forch, on wenn de Hoas anjesockt kömmt, schriest du: ›Eck si schon doa!‹«

Wi sull dat utgoahne, wunderd seck de Eejelfruu, oaver se jing met on versteckd seck op dem Acker.

Doa käm de Hoas anspazeert on froagd, ob de Eejel good jefreehsteckt häd on dichtig renne kunn.

»Joa, loat ons man anfange.«

»Eck jeew di ook e beske Värsprung«, säd de Hoas ganz bräsig.

Se suuste los.

Ärbaarmung, doachd de Eejelfruu, als se seech, wi de Hoaskebock anjepeest käm. Schnell sprung se op on schreej: »Eck si schon doa!«

De Hoas wurd e beske argerlich. Loat ware, wat well, doachd he, eck mott doch jewenne. He rennd doller.

Op de annere Sied stund de Eejelmann on bölkd: »Eck si schon doa!«

Hase und Igel

Bei uns zu Hause hatten wir auch einen Hasen, der mit dem Igel um die Wette laufen wollte auf einem Sturzacker zwischen Kraupischken und Mallwischken.
Der Igel sagte zu seiner Frau: »Komm du man am Mittwoch mit aufs Feld, Ilse. Ich habe mit dem Hasen gewettet, wer am schnellsten laufen kann.«
»Bist du dämlich geworden?« fragte die Igelfrau. »Der Hase kann rennen wie ein Windhund.«
Sie traute sich nicht recht auf den Sturzacker, aber der Igelmann redete ihr gut zu: »Du brauchst nichts zu machen, Frau. Setz dich in die Furche, und wenn der Hase angelaufen kommt, schreist du: ›Ich bin schon da!‹«
Wie soll das ausgehen, wunderte sich die Igelfrau, aber sie ging mit und versteckte sich auf dem Acker.
Da kam der Hase anspaziert und fragte, ob der Igel gut gefrühstückt hätte und tüchtig laufen könnte.
»Ja, laß uns man anfangen.«
»Ich gebe dir auch ein bißchen Vorsprung«, sagte der Hase großzügig.
Sie sausten los.
Erbarmung, dachte die Igelfrau, als sie sah, wie der Hase angelaufen kam.
Schnell sprang sie auf und schrie: »Ich bin schon da!«
Der Hase wurde ein bißchen ärgerlich. Laß werden, was will, dachte er, ich muß doch gewinnen. Er lief schneller.
Auf der anderen Seite stand der Igelmann und brüllte: »Ich bin schon da!«

Wi es dat meeglich, doachd de Hoas on rennd doller. So jing dat e Wiel hen on her, bet de Hoas nich mehr hoppse kunn.
Diewel ook, doachd he, sullst erscht moal verpuuste. He huckd seck op eenem Steen on leed de Leepels hänje.
De Eejelfruu kunn et nich met anseehne on broachd em e Schlubberke to drinke.
»Schoadt nuscht«, säd se. »Dem Wett häst verloare, oaver du sullst doaröver nich krepeere.«
De Hoas erkuvert seck mette Tied. He bedankt seck scheen fer dat Drinke on scheckt dem Schwieneeejel on siene Fruu e Enloadung to e Hoaskehochtied oppem Kleewerföld. Doa danzd de Hoaskebock met de Eejelfruu em bleehjende Kleewer tweschen Kraupischken on Mallwischken. On wenn se nich gestorve sent, renne se noch hiede.

De verleewte Kurrhoahn

Wi hadde moal e Kurrhoahn, de wär doll truurig, als se em de Kurre wejnähme. De wurde em Stall oppet Nest jesett, om junge Kurre uttobreede, on de Hoahn bleew alleen op dem Hoff. He leep hen on her, pluusterd seck, kreej e roodem Kopp on reep noa siene Kurre. Als se nich käme, floog he op dat Schienedack on versocht,

Wie ist das möglich, dachte der Hase und lief noch schneller.
So ging das eine Weile hin und her, bis der Hase nicht mehr springen konnte.
Teufel auch, dachte er, du sollst dich erst mal verpusten. Er setzte sich auf einen Stein und ließ die Löffel hängen.
Die Igelfrau konnte es nicht mit ansehen und brachte ihm ein Schluckchen zu trinken.
»Schadet nichts«, sagte sie. »Die Wette hast du verloren, aber darüber sollst du nicht krepieren.«
Der Hase erholte sich mit der Zeit. Er bedankte sich schön für das Trinken und schickte dem Igel und seiner Frau eine Einladung zur Hasenhochzeit auf dem Kleefeld. Da tanzte der Hase mit der Igelfrau im blühenden Klee zwischen Kraupischken und Mallwischken. Und wenn sie nicht gestorben sind, rennen sie noch heute.

Der verliebte Truthahn

Wir hatten einmal einen Truthahn, der war sehr traurig, als sie ihm die Puten wegnahmen. Die kamen im Stall auf ein Nest und sollten junge Puten ausbrüten. Der Hahn blieb allein auf dem Hof. Er lief hin und her, plusterte sich, bekam einen roten Kopf und rief nach seinen Puten. Als sie nicht kamen, flog er aufs Scheu-

ent Storchenest to kruupe. He doachd, de Storchefruu wär ook e Kurr. Oaver de jeew em Prejel met ehrem Schnoabel, on he most flichte. Nu spazeerd he op dem Dachferscht hen on her on wußd nich rundertokoame. Af on to bleew he stoahne on reep noa siene Heehner. Denn drelld he dem Kopp on luuerd op Antwort.
Et wurd diester, on he stund emmer noch op dem Dack.
»Wenn de Hoahn runderföllt, jeewt dat Kurrebroade«, säd de Voader.
Am näckste Morje wär de Kurrhoahn verschwunde. Wi sochte em Goarde on op de Wäs, oaver nuscht to finde.
»De Voß ward em jehoolt hebbe«, säd de Voader.
Am Sinndach jing he to Beseuk op eenem Buurehoff twee Kilometer wieder.
»Häst nich mienem Kurrhoahn jeseehne?« froagd he dem Noaber.
»Joa, mi es eener tojeloope.«
»Na, wi es sowat meeglich?« wunderd seck de Voader.
»Värgistern stund he bi mi op dat Schienedack. He ward jeheerd hebbe, wi diene Kurre schabberte, doa es he op Wanderschaft jegange to diene Kurre.«
De Voader nähm seck dem Kurrhoahn vär on schempt met em: »Wenn du wedder utkneppst, mott eck di enne Broadpann haue.«
Oaver de Kurrhoahn wär so verleewt, he rennd emmer wedder to Noabarsch Kurre. Am End jeew et doch noch Kurrebroade.

nendach und versuchte, ins Storchennest zu steigen. Er dachte, die Storchenfrau wäre auch eine Pute. Aber die gab ihm Prügel mit ihrem Schnabel, und er mußte flüchten. Nun spazierte er auf dem Dachfirst hin und her und wußte nicht, wie runterzukommen. Ab und zu blieb er stehen und rief nach seinen Hühnern. Dann drehte er den Kopf und lauschte auf Antwort.
Es wurde dunkel, und er stand immer noch auf dem Dach.
»Wenn der Hahn runterfällt, gibt es Putenbraten«, sagte Vater.
Am nächsten Morgen war der Truthahn verschwunden. Wir suchten im Garten und auf der Wiese, aber nichts war zu finden.
»Der Fuchs wird ihn geholt haben«, sagte Vater.
Am Sonntag ging er zu Besuch auf einen Bauernhof zwei Kilometer weiter.
»Hast nicht meinen Truthahn gesehen?« fragte er den Nachbarn.
»Ja, mir ist einer zugelaufen.«
»Wie ist das möglich?« wunderte sich Vater. »Vorgestern stand er bei mir auf dem Scheunendach. Da wird er gehört haben, wie deine Puten redeten, und gleich ist er auf Wanderschaft gegangen zu deinen Puten.«
Der Vater nahm den Truthahn beiseite und schimpfte mit ihm: »Wenn du wieder ausreißt, muß ich dich in die Bratpfanne hauen.«
Aber der Truthahn war so verliebt, er lief immer wieder zu Nachbars Puten. Am Ende gab es doch noch Putenbraten.

Hietscherkes keepe

Eenmoal käm e Koppscheller op dem Hoff on froagd, op nich e Hietscherke to keepe wär. Wi hadde e bruunet on e schwartet Hietscherke, beeide jinge noch met de Kobbels em Appelgoarde. De Koppscheller bekickd seck de kleeine Peerdkes on säd: »Eck nähm se beeide.«
Als dat de Kobbel von dat schwarte Hietscherke heerd, kield se mächtig ut. De Koppscheller schmeed de Klompe enne Loft on floog op dem Mesthuupe.
»Diene Peerd sent nich to jebruuke!« schempd he on rennd vom Hoff.
Wi hebbe beeide Hietscherkes behoale. Se wurde groote Peerd on toage onserem Flichtlingswoage bet en de Lüneborger Heid.

Berkhoahn joage

Et käm eenmoal e feeinet Herrke ut dem Riek noa Ostpreiße op de Joagd to goahne on e Berkhoahn to scheete. De Förster doachd bi seck: Et wär doch schoad, wenn dat Herrke so e wiede Reeis fer nuscht on wedder nuscht undernemmt on keeinem Hoahn dreppt.
Am Dach värher scheckd he sienem Jehilf, dem Ewald, en dem Woold.

Fohlen kaufen

Einmal kam ein Pferdehändler auf den Hof und fragte, ob er Fohlen kaufen könnte. Wir hatten ein braunes und ein schwarzes Fohlen, beide gingen noch mit ihren Müttern im Apfelgarten. Der Pferdehändler besah sich die Pferdchen und sagte: »Ich nehme sie beide.« Als das die Mutter von dem schwarzen Fohlen hörte, keilte sie kräftig aus. Der Pferdehändler flog auf den Rücken, seine Schuhe wirbelten durch die Luft, und er landete auf dem Misthaufen.

»Die Pferde sind nicht zu gebrauchen!« schimpfte er und rannte vom Hof.

Wir haben die beiden Fohlen behalten. Sie wuchsen zu großen, kräftigen Pferden heran und zogen unseren Flüchtlingswagen bis in die Lüneburger Heide.

Birkhahnjagd

Es kam einmal ein feiner Herr aus dem Reich nach Ostpreußen, der wollte auf die Jagd gehen und einen Birkhahn schießen. Der Förster dachte bei sich: Es wäre doch schade, wenn der Herr so eine weite Reise für nichts und wieder nichts unternimmt und keinen Hahn trifft.

Am Tag vor der Jagd schickte er seinen Gehilfen, den Ewald, in den Wald.

»Seeh to, dat du e Hoahn scheetst, on breng em met noa Huus.«

So jeschach et. De Ewald schleppd e scheenet Hoahnke em Rucksack ut dem Woold on hängd em op de Lucht. Näckste Dach käm de feeine Herr on freeid seck, op de Joagd to goahne. Toerscht moste se dichtig äte on drinke, se nähme ook e Flaschke met en dem Woold. De Ewald wär schon ferutjegange met dem Hoahn ennem Rucksack. He kroop op eenem Boom on hängd dem Rucksack över seck an eenem Ast. Nu wachd he op dem Förster on dem feeine Herr, druseld ook e beske vär seck hen, sung seck eent, om nich de Tied to verschloape.

»Wenn de Herr losjedonnert häd, schmettst du dem Hoahn vom Boom runder«, had de Förster to dem Ewald jeseejt. »Eck scheck dem Hund en dem Woold, de ward dem Hoahn griepe on to dem feeine Herr bringe.«

»Joa, so moak wi dat«, had de Ewald jeseejt.

Nu wurd et ook boald diester. De Förster on de feeine Herr jinge met ehre Flinte en dem Woold, dat Hundke wär ook doabi. Se hadde dichtig jedrunke on vertellde seck allerlie verreckte Jägerjeschichte.

De Ewald luuerd schon.

»Doa!« säd de Förster. »Doa boawe huckt e Hoahn!« De feeine Herr rett de Flint hoch on ballerd eenmoal, tweemoal en de Diesterneß. E grooter Hoahn full von eenem Ast on kullerd en dat Jebesch.

»Se hebbe jedroope!« brelld de Förster on scheckd dem Hund los, dem Hoahn to hoole.

»Sieh zu, daß du einen Hahn schießt, und bring ihn mit nach Hause.«

So geschah es. Der Ewald kam mit einem schönen Hahn im Rucksack aus dem Wald, er hängte ihn auf den Dachboden.

Am nächsten Tag traf der feine Herr ein und freute sich, auf die Jagd zu gehen. Zuerst hat er mit dem Förster tüchtig gegessen und getrunken, eine Flasche nahmen sie auch mit in den Wald.

Der Ewald war mit dem Hahn im Rucksack vorausgegangen, auf einen Baum geklettert und hatte den Rucksack über sich an einen Ast gehängt. Nun wartete er, träumte ein bißchen vor sich hin, sang auch ein Liedchen, um nicht die Zeit zu verschlafen.

»Wenn der Herr losgedonnert hat, wirfst du den Hahn vom Baum«, hatte der Förster zu ihm gesagt. »Ich schick' den Hund in den Wald, der wird den Hahn greifen und zu dem Herrn bringen.«

»Ja, so machen wir das«, hatte der Ewald gesagt.

Es wurde dunkel. Der Förster und der feine Herr gingen mit ihren Flinten in den Wald, der Hund war auch dabei. Sie hatten tüchtig getrunken, unterwegs erzählten sie sich Jägergeschichten.

Der Ewald wartete schon.

»Da!« sagte der Förster. »Da oben sitzt ein Hahn!«

Der Herr riß die Flinte hoch und ballerte einmal, zweimal in die Dunkelheit. Ein großer Hahn fiel von einem Ast und kullerte ins Gebüsch.

»Sie haben getroffen!« rief der Förster und schickte den Hund los, den Hahn zu holen.

De käm ook boald wedder on häd e Rucksack em Muul, dem leggd he dem feeine Herr to Feete.

»Diewel ook«, säd de Mann, »wi kömmt de Hoahn so schnell en dem Rucksack?«

»Em ostpreißische Woold es allet meeglich«, wunderd seck nu ook de Förster.

Se broachte dem Berkhoahn noa Huus on hunge em äwer de Där.

Noa Meddernacht käm ook de Ewald ut dem Woold. De Förster packd em am Weschkoll on schempd boßig. »Wat best du fer e Dämelsack, dem Hoahn em Rucksack enne Woold to schmiete!«

»Eck wär enjeschloape«, säd de Ewald. »Als de Flint losdonnerd, hebb eck mi verschroocke on dem Rucksack runderfalle loate.«

Als de feeine Herr utjeschloape had, kunn he wedder lache.

»Ostpreiße es doch e sonderboare Jegend«, säd he. »Doa fleege de Berkhoahns good verpackt em Rucksack dörch dem Woold. Näckstet Moal moakt dat man so, dat se jliek enne Broadpann fleege.«

Der kam auch bald wieder und hatte einen Rucksack im Maul, den er dem feinen Herrn zu Füßen legte.
»Donnerwetter«, sagte der, »wie kommt der Hahn so schnell in den Rucksack?«
»Im ostpreußischen Wald ist alles möglich«, wunderte sich der Förster.
Sie brachten den Birkhahn nach Hause und hängten ihn über die Tür.
Als der Ewald nach Mitternacht aus dem Wald kam, packte ihn der Förster an der Gurgel und schimpfte mit ihm.
»Was bist du nur für ein Dummkopf, den Hahn im Rucksack in den Wald zu schmeißen!«
»Ich war eingeschlafen«, jammerte der Ewald. »Als die Flinte losdonnerte, habe ich mich erschrocken und den Rucksack fallen lassen.«
Als der feine Herr ausgeschlafen hatte, konnte er wieder lachen.
»Ostpreußen ist doch eine sonderbare Gegend«, sagte er. »Da fliegen die Birkhähne gut verpackt im Rucksack durch den Wald. Nächstes Mal laßt sie gleich in die Bratpfanne fliegen.«

Ganskebroade

Em Soamer, wenn de Hoaver afjefoahre wär, käme de Jude met kleeine Ledderwoagens ut Letaue on broachde jonge Jäns tom Verkeepe. Voader kofft e Schock on leed se op dem Hoaverföld groase, doamet se fett wurde. Wi Kinder moste Jäns heede. Jedem Oawend schicherde wi se ennem Diek tom Boade. Dat wäre emmer e grootet Jeschrie on Jeschnadder. Denn käme se en dem Stall, on morjens jing et wedder rut op dat Föld. Em Harwst bleewe se em Stall on wurde jenudelt, bet se Fettklunkere onder de Flochte hadde. Denn jing dat los met Jänsschlachte on Feddereriete.
Veele Wiehnachtsjäns käme met de Ieserboahn ut dem Letausche. Een Toag broachd se to de Grenzstasjon Eydtkuhne. Doa wurde se ut dem Veehwoage jeloate on op eenem groote Platz jedreewe, de wär afjedeelt en veele Buchte. Duusende Jäns stunde doa röm on moakde een Jeschnadder on Jekroal, dat kunnst kilometerwiet heere. Noa Martinsdach wurde alle doodjeschloage. De Fruuens ut dem Omjegend jinge noa Eydtkuhne tom Jänseroppe. Dat jeew e Barg Feddere, doa kunnst nich räwerkicke. De Jäns käme denn en Kiehlwoagens on wurde ent Riek jescheckt. Wiehnachte stunde se reesch jebroade en Berlin oppem Desch.

Weihnachtsgänse

Zum Ende des Sommers, wenn der Hafer eingefahren war, kamen die Juden mit kleinen Leiterwagen aus Litauen und brachten junge Gänse zum Verkauf. Vater kaufte ein Schock und ließ sie auf dem Haferfeld grasen, damit sie fett wurden. Wir Kinder mußten Gänse hüten. Jeden Abend scheuchten wir sie in den Teich zum Baden. Das war immer ein großes Geschrei und Geschnatter. Danach kamen sie in den Stall, und morgens ging es wieder raus auf das Feld. Im Herbst blieben sie im Stall und wurden genudelt, bis sie Fettklunker unter den Flügeln hatten. Zu Weihnachten ging es los mit Gänseschlachten und Federnreißen.

Viele Weihnachtsgänse kamen auch mit der Eisenbahn aus dem Litauischen. Ein Zug brachte sie zu der Grenzstation Eydtkuhnen. Da wurden sie aus dem Viehwaggon gelassen und auf einen großen Platz getrieben, der abgeteilt war in viele Buchten. Tausende Gänse standen da rum und machten ein Geschnatter, das war kilometerweit zu hören. Nach dem Martinstag wurden alle totgeschlagen. Viele Frauen aus der Umgebung gingen nach Eydtkuhnen zum Gänserupfen. Das gab einen Berg Federn, so hoch wie ein Haus. Die gerupften Gänse kamen in Kühlwagen und wurden ins Reich geschickt. Weihnachten standen sie frisch gebraten in Berlin auf dem Tisch.

Schwienkebommle

Em Morjegruue moakd de Voader dat Mässer on dat Schlachtbiel scharp. Dem Schwien wurd e Streck ant Been jebunde. Als se et to dem Där toage, fung et schon an to kriesche. Dat ganze Derp wußd denn Bescheed: Doa ward e Schwien jeschlacht. De Voader stund hinder dem Stalldär. Käm dat Schwien ruut, schloag he met dem Biel op dem Kopp, dat em omkeppt. Nu heerd ook dat Jekriesch op. Voader kneed oppe Schuller von dem Schwien on joagd em dat Steckmässer en dem Hals. Dat Blood käm rutjeschoote. Mudder heel de Schätel hen on reehrd dat Blood met de Händ, doamet et nich verklompt.

Denn wurd dat Schwien en dem Breehjtrog jerollt. Ut de Käk broachd de Mudder koakend Woater, dat wurd över dat Schwien jegoate, doamet de Borschte afgoahne. Wenn de Voader dem Emmer met Woater utscheed, steeg e Dampwolk en dem Hemmel; en de Schlachttied wär et joa schon koold, mängsmoal leeg ook Schnie. Wäre de Borschte afjekratzt, seej dat Schwien feein sauber ut wi Moarzpoan. Nu käm dat Schwienkebommle. Voader schneed Läker en de Hinderhesse on steckd e Holtstang dörch. Am Balke över dem Stalldär wurd e Keed jebunde on anne Holtstang festjemoakt. Dat Schwien wurd anne Keed hookjetoage, et bommeld enne Stalldär on seej scheen ut.

Wenn dat Schwien hung, dörfte ook de Kinderkes ut dem Huus koame on toseehne, wi de Voader dem Kopp afdrelld. He schneed rund om dem Kopp dat Fleesch op

Schweinebommeln

Im Morgengrauen machte der Vater das Messer und das Schlachtbeil scharf. Dem Schwein wurde ein Strick an das Bein gebunden. Als sie es zur Tür zogen, fing es schon an zu kreischen. Dann wußte das ganze Dorf Bescheid: Da wird ein Schwein geschlachtet. Der Vater stand hinter der Stalltür. Kam das Schwein raus, schlug er mit dem Beil auf den Kopf, damit es umkippte. Nun hörte auch das Gekreische auf. Vater kniete auf dem Schwein und jagte ihm das Steckmesser in den Hals. Das Blut kam rausgeschossen. Mutter hielt die Schüssel unter und rührte das Blut mit den Händen, damit es nicht verklumpte.

Dann wurde das Schwein in den Brühtrog gerollt. Aus der Küche brachte Mutter kochendes Wasser, das wurde über das Schwein gegossen, damit die Borsten abgingen. Wenn der Vater den Eimer mit Wasser ausschüttete, stieg eine Dampfwolke in den Himmel; in der Schlachtzeit war es ja schon kalt, manchmal lag auch Schnee. Waren die Borsten abgekratzt, sah das Schwein fein sauber aus wie Marzipan. Nun kam das Schweinebommeln. Vater schnitt Löcher in die Hinterfüße und steckte eine Holzstange durch. Am Balken über der Stalltür wurde eine Kette angebunden und an der Holzstange festgemacht. Das Schwein wurde an der Kette hochgezogen, es hing in der Stalltür und sah schön aus.

Wenn das Schwein hing, durften auch die Kinder aus dem Haus kommen und zusehen, wie der Vater den

on drelld an beeide Oohre, bet et knacks moakd. Noch e Ruckske, on de Kopp wär runder. He steckd dem Schwienskopp op e Bohnestang, on denn seej de Kopp von boave to, wi dat Schwien opjeschneede wurd.

Et käm allet rut on wurd opjedeelt, wi et jebruukt wurd. Wäre de Ennerreeie buute, wurd erscht moal e Pause jemoakt on e Schlubberke Rubbeljack jedrunke. Bet Meddach hung dat Schwien enne Stalldär tom Utkeuhle. Eeiner most buute wachte, doamet Hund on Katte nich an dat Fleesch jinge. Noameddach jing dat wieder. De Darmels wurde utjewosche on tojeschneede tom Worschtmoake. Fleesch most termoahle ware met dem Worschtmaschien. Schinke on Speck wurde poarat jemoakt tom Reekere. Oawends jeew et de erschte Worschtsopp tom Probeere.

So jing de ganze Dach hen met de Schwienschlachterie. Am End most noch opjeriemt on jeschieert ware, doamet nuscht to seehne es von dem Blood on dem Schwienschiet. Am näckste Morje hung bloßig noch de Keed vär de Stalldär, an dem dat Schwien jebommeld had.

Kopf abtrennte. Er schnitt rund um den Kopf das Fleisch ab und drehte an beiden Ohren, bis es knacks machte. Noch ein Ruck, und der Kopf war runter. Er steckte den Schweinskopf auf eine Bohnenstange, dann sah der Kopf von oben zu, wie das Schwein aufgeschnitten wurde.
Es kam alles raus und wurde aufgeteilt, wie es gebraucht wurde. Waren die Innereien in der Wanne, wurde erst mal eine Pause eingelegt und ein Schnaps getrunken. Bis zum Mittag hing das Schwein in der Stalltür zum Auskühlen. Einer mußte aufpassen, damit Hund und Katz nicht an das Fleisch gingen. Nachmittags ging das weiter. Die Därme wurden ausgewaschen und zugeschnitten zum Wurstmachen. Fleisch mußte gemahlen werden mit der Wurstmaschine. Schinken und Speck wurden zum Räuchern zugeschnitten. Abends gab es schon die erste Wurstsuppe zum Probieren.
So ging ein ganzer Tag hin mit der Schweineschlachterei. Am Ende mußte noch aufgeräumt und gescheuert werden, damit nichts übrigblieb von dem Blut und dem Schweinedreck. Am nächsten Morgen hing nur noch die Kette vor der Stalltür, an der das Schwein gebommelt hatte.

De nieschierije Koater

De Koater huckd nieschierij vär dem Standuhr on kickd dem Perpendickel an. He doachd, doa mott doch wat to schmengere sent en dem Uhrekaste. Als em dat Jebammel to veel ward, kratzd he mit siene Poate ant Glas. Doa schloag de Uhr halw elwe. De Koater suusd vor Schreck op de Finsterbank. He rett de Gardien af. Denn sprung he ut dem Finster ren en de Woatertonn. Doa es he denn ersoape. So geiht et, wenn du di met dem niemoodsche Kroam enleedst on em Uhrekaste schmengere wellst.

Der neugierige Kater

Der Kater saß neugierig vor der Standuhr und sah dem Perpendikel zu. Er dachte, in dem Uhrenkasten könnte es doch was zu naschen geben. Als ihm das Gebammel zuviel wurde, kratzte er mit den Pfoten am Glas. Da schlug die Uhr halb elf. Der Kater sauste vor Schreck auf die Fensterbank. Dabei riß er die Gardine runter, sprang aus dem Fenster rein in die Wassertonne. Da ist er ertrunken. So geht es, wenn du dich mit dem neumodischen Kram einläßt und aus dem Uhrenkasten naschen willst.

De Doktersch on de Medezin

Die Ärzte und die Medizin

E Leepelke Koohschiet

De Doktersch wäre joa wied wej on koste ook veel Jeld, da holpe seck de Mensche leewer met Medezin, de se em Huus hadde. Dat beste Meddel wär joa Koohschiet. Bi Feever nemmst e Leepelke freschem Koohschiet, reehrst met warme Melk op on jettst dat Ganze dörch e Lienkekodder. De Melk kreej de Kranke to drinke on wurd doavon jesund. Miene Kinder jeew eck de Medezin ook, oaver eck vertelld enne nich, dat et Koohschietmelk wär.

Heete Melk met Honnig drunk wi jegen Hooste. De Mannslied versochte ook, dem Hooste met Schnaps to Kier to goahne, am beste e Grogke.

Jegen de Huutkrankhied Roos wurd Katteschiet jenoahme. Du most dem Kattedreck en Melk enreehre on met dem Leepel dem Kranke ant Bedd bringe.

De Blattkes vom Wejerich packd wi op Wunde, dat hield good.

Wenn du Warzels häst, most bi tonähmend Moand oawends alleen oppe Koohweid goahne on ganz stell sien. Doa ligge joa emmer Koohfloade rom, op de es enne Medd e Woaterlock. Doa duukst dem Finger ren, nemmst e beske Koohschiet on schmeerst dem Schmadder oppe Warzels. Doabi kickst dem Moand an.

Häst e Jeschwier am Been, most du di von e Kooh beschiete loate. Nemmst dem Zoagel hook, on wenn se schett, hölst dat Been under dem Pampel. Dörfst ook nich jliek afwosche, most wachte, bet de Koohschiet anjedrögt es.

Ein Löffel Kuhdreck

Die Ärzte waren ja weit weg und kosteten auch viel Geld, da halfen sich die Menschen lieber mit Medizin, die sie im Haus hatten. Das beste Mittel war Kuhdreck. Bei Fieber nahm man ein Löffelchen frischen Kuhdreck, rührte ihn in warme Milch und goß das Ganze durch ein Leinentuch. Die Milch bekamen die Kranken zu trinken und wurden davon gesund. Meinen Kindern gab ich auch diese Medizin, aber ich erzählte ihnen nicht, daß es Kuhdreckmilch war.

Heiße Milch mit Honig tranken wir gegen Husten. Die Männer versuchten, dem Husten mit Schnaps an den Kragen zu gehen, am besten mit einem Grog.

Gegen die Hautkrankheit Rose wurde Katzendreck genommen. Du mußtest den Katzendreck in Milch einrühren und im Becher dem Kranken ans Bett bringen.

Die Blätter vom Wegerich legten wir auf Wunden, das heilte.

Wenn du Warzen hattest, mußtest du bei zunehmendem Mond abends auf eine Kuhweide gehen und ganz still sein. Da lagen ja immer Kuhfladen herum, auf denen war in der Mitte ein Wasserloch. Da tauchtest du den Finger rein, nahmst ein wenig Kuhdreck und schmiertest den auf die Warzen. Dabei schautest du den Mond an.

Hattest du ein Geschwür am Bein, brauchtest du auch Kuhdreck. Nahmst den Schwanz der Kuh hoch, und wenn der Kuhdreck fiel, hieltst du das Bein unter den Pampel. Durftest aber nicht gleich abwaschen, sondern mußtest warten, bis der Kuhdreck angetrocknet war.

Allerlie Oavergloove

Wer langet Hoar hebbe wull, schneed de Spetze af on vergroawd de Hoar under dem Drepp.

Händ on Feet wurde met Peerdsäppel jewosche. Bivär de Oarbeidersch tom Äte enne Käk käme, nähme se Peerdsäppel en e Stallemmer, goote koolet Woater ren on wosche de Händ.

Wenn vom Peerd driemst, jefft et Oarbeeid, von Hoaver kömmt Krankhied ent Huus. Seechst em Droom e Toag foahre, käm Beseuk. Driemst von Doodige, jefft et schlecht Weeder, von Hund oader Katt, denn käme schlechte Mensche. Troankes jefft et, wenn von Koake driemst. Jetreedt bringt Jeld. Dat käm ook ent Huus, wenn du von Luuskes driemst. Moakst de Lies oaver dood em Droom, kömmt onneedijet Jeldutjeewe.

Foahrscht spoazeere, on e Katt rennt äwer dem Wej, most omkeehre. Woscht de Katt seck op dem Huusschwell, koame Gäst. Heewst du de Katt vonne Schwell, on se woscht seck emmer noch, kömmt e Pracher.

Häd eener Tähnweh, sull he seck met dem Finger eener Liek dem kranke Tähn bestrieke. Oaver dat jing nich emmer. Häst Tähnweh, jew et keeine Liek, häst e Liek, deed di de Tähn nich weh.

Liggt e Hoofieserke met Noagelkes op dem Wej, most roppspucke, dat bringt Gleck.

Zetterbrie koake wär e schwoare Oarbeeid. Erscht most Kartoffle schroope on riewe, denn fresche Melk opkoake. En de koakende Melk reehrst dem Kartoffel-

Allerlei Aberglauben

Wer lange Haare haben wollte, mußte die Spitzen der Haare abschneiden und unter der Haustreppe vergraben.
Hände und Füße wurden mit Pferdeäpfeln gewaschen. Bevor die Arbeiter zum Essen in die Küche kamen, gaben sie Pferdeäpfel in einen Stalleimer, gossen kaltes Wasser drauf und wuschen darin ihre Hände.
Wenn du vom Pferd träumtest, gab es Arbeit, träumtest du von Hafer, dann kam Krankheit ins Haus. Sahst du im Traum einen Zug fahren, kam Besuch. Träumtest du von Toten, gab es schlechtes Wetter, von Hunden oder Katzen, dann kamen schlechte Menschen. Tränen gab es, wenn du von Kuchen träumtest. Getreide brachte Geld. Das kam auch ins Haus, wenn du von Läusen träumtest. Machtest du die Läuse aber im Traum tot, kam eine unnötige Geldausgabe.
Fuhrst du spazieren, und eine Katze lief dir über den Weg, mußtest du sofort umkehren. Wusch die Katze sich auf der Hausschwelle, kamen Gäste. Hobst du die Katze von der Schwelle, und sie wusch sich immer noch, kam ein Bettler.
Hatte einer Zahnschmerzen, sollte er sich mit dem Finger einer Leiche den kranken Zahn bestreichen. Aber das ging nicht immer. Hattest du Zahnschmerzen, gab es keine Leiche, hattest du eine Leiche, tat dir der Zahn nicht weh.
Lag ein Hufeisen mit Nägeln auf dem Weg, mußtest du draufspucken, das brachte Glück.

brie ren. Most oppasse, dat nich ansenjelt. Wenn de Marjellke dem Zetterbrie anbrenne leed, durfd se en dem Joahr nich friee.
Voagelkes em Droom bediede wiede Reeise. Bivär wi op de Flucht jinge, hebb eck jede Nacht von groote, schwarte Veejel jedreemt. Als wi met Peerd on Woage op de Landstroat foahrde, käme de Veejel ons noajeflooge on kraate so gruulich.

Wat es Schätter?

De Knecht Jergi leej krank em Bedd.
De Doktor froagd em: »Haben Sie Diarrhöe?«
»Eck weet nich, wat dat es«, säd de Jergi.
»Haben Sie Durchfall?«
»Dem kenn eck ook nich«, säd de Jergi.
De Voader heerd seck dat e Wiel an, denn säd he to dem Doktor: »Eck well dem Jergi en siene Sproak froage. – Jergi, de Doktor well weete, op du dem Schätter häst.«
»Joa«, säd de Jergi, »schättere kann eck Dach on Nacht.«

Zitterbrei kochen war eine schwere Arbeit. Erst mußtest du Kartoffeln schrapen und reiben, dann frische Milch aufkochen. In die kochende Milch rührtest du den Kartoffelbrei rein, mußtest aber aufpassen, daß nichts ansengelte. Wenn ein Mädchen den Zitterbrei anbrennen ließ, durfte es in dem Jahr nicht heiraten. Vögel im Traum bedeuteten weite Reisen. Bevor wir auf die Flucht gingen, habe ich jede Nacht von großen, schwarzen Vögeln geträumt. Als wir mit Pferd und Wagen auf der Landstraße fuhren, kamen die Vögel uns nachgeflogen und krächzten schauerlich.

Was ist Durchfall?

Der Knecht Jergi lag krank im Bett.
Der Doktor fragte: »Haben Sie Diarrhöe?«
»Ich weiß nicht, was das ist«, sagte Jergi.
»Haben Sie Durchfall?«
»Den kenn' ich auch nicht«, antwortete Jergi.
Der Vater hörte sich das eine Weile an, dann sagte er zu dem Doktor: »Ich werde den Jergi in seiner Sprache fragen. – Jergi, der Doktor will wissen, ob du die Scheißerei hast.«
»Ja«, sagte Jergi, »scheißen kann ich Tag und Nacht.«

Vom leewe Gott on dem Diewel

Vom lieben Gott und dem Teufel

De Diewel enne Kerk

Eenem scheene Sinndach wull de Diewel enne Kerk goahne. Moal seehne, ob et doa nich e oarmet Seelke to griepe jefft. Doamet em keeiner kennt, schmeed he seck en sienem Sinndachsstoat. De Hornkes versteckd he onder eenem schwarte Kalabräser, dem Zoagel wörgd he om dem Buuk, on dem Klompfoot jeew he en feeine Lackstewel.

Oh, wat es dat fer e feeinet Herrke, doachte de Kerkgoahners, als de Diewel en dem erschte Bank to hucke käm on dat Jesangbook opschloag. Alle Lied gluupte nieschierij to dem Mannke em schwarte Schäckert. Bloßig eent had de Diewel bi siene Verkleeidung nich bedoacht, dem Jestank von Schwefel, dem so een Diewel an seck häd. Wo kömmt dat bloßig her, doachte de Lied.

De Pfarr fung an to vertelle von Paulus on Timotius. Et stunk emmer doller.

Nu kömmt he över dat Feejefier to spreeke on vertellt, wi de Diewel an jede Eck luuert, om seck de oarme Sünner to griepe.

Dem Diewel wurd et recht warm om dat Hart, als he heerd, wi de Seelkes em heete Woater koake moste.

Et stunk emmer doller.

»De Leibhaftige es under ons!« brölld de Pfarr so luud, dat de Engelkes över dem Altar met de Flochte zedderte. He nähm dat Silverkriez, dat över dem Altar hung, on jing op dem feeine Herr to.

»En Gottes Huus motst du dem Hoat vom Kopp nähme!« schreej he em an.

Der Teufel in der Kirche

An einem schönen Sonntag wollte der Teufel in die Kirche gehen. Mal sehen, ob es da nicht eine arme Seele zu greifen gab. Damit ihn keiner erkannte, warf er sich in seinen Sonntagsstaat. Die Hörner versteckte er unter einem schwarzen Hut, den Schwanz band er sich um den Bauch, und den Klumpfuß gab er in einen feinen Lackstiefel.

Oh, was für ein feiner Herr, dachten die Kirchgänger, als der Teufel in der ersten Bank Platz nahm und das Gesangbuch aufschlug. Alle Leute schauten neugierig zu dem Mann im schwarzen Jackett. Eines hatte er bei seiner Verkleidung nicht bedacht, den Gestank von Schwefel, den so ein Teufel an sich hat. Wo kommt der bloß her, dachten die Leute.

Der Pfarrer fing an, von Paulus und Timotius zu sprechen. Es stank nach Schwefel.

Nun kam er zum Fegefeuer und erzählte, wie der Teufel an jeder Ecke lauert, um sich die Sünder zu greifen. Dem feinen Herrn in der ersten Reihe wurde es recht warm ums Herz, als er hörte, wie die Seelen in heißem Wasser kochen mußten.

Es stank nach Schwefel.

»Der Leibhaftige ist unter uns!« brüllte der Pfarrer plötzlich so laut, daß die Engel über dem Altar mit den Flügeln zitterten. Er nahm das Silberkreuz, das hinter dem Altar hing, und ging auf den feinen Herrn zu.

»In Gottes Haus mußt du den Hut vom Kopf nehmen!« schrie er.

Doa floog de schwarte Kalabräser en de Loft, on jeder kunn de Diewelshornkes seehne. Nu sprung de Diewel op on rennd en groote Iel to de Där. De Kobbelschuster Schuschke wull em to Kier goahne, oaver de Diewel schmeed em op dem Rick. He versocht, dörch dat Schlötellock to suuse, jing oaver nich.

De Mannslied stunde op on funge an, met dem Diewel Griepke to speele. Se schicherde em dörch de Kerk, schmeete met ehre Jänserompe on hädde em dichtig verwalkt, wenn de Diewel nich under dat Dack jefloage wär. Doa greep he seck dem Glockestrang, toag so jewaltig, dat de Glock doalsterze most. Dörch dat Lock em Glockedorm sprung he noa buute, verschwund enne schwarte Wolk on floag to dem Land, wo he met Pech on Schwefel rejeert.

En de Kerk sunge se »Nun danket alle Gott«. Se sparrde Däre on Finster op, doamet de Diewelsjestank afteehne kunn. De Glock oaver leeg stomm en dem Kerk, on keeine acht Peerdkes kunne se beweeje. Se jeew ook keeinem Ton von seck on bleew doa als Erennerung an de Tied, als de Diewel noch enne Kerk jing.

Marjellkes tom Värzeige

De Lorbasse jinge bloßig enne Kerk, om Marjellkes to belache. Se stunde en de hinderschte Reehj on kickte,

Da flog der schwarze Hut in die Luft, und jeder konnte die Teufelshörner sehen. Der Teufel sprang auf und rannte in großer Eile zur Tür. Der Schmied Schuschke wollte ihm an den Hals gehen, aber der Teufel schmiß ihn auf den Rücken. Er versuchte, durchs Schlüsselloch zu sausen, das ging aber nicht.

Alle Männer standen nun auf und fingen an, mit dem Teufel Greifen zu spielen. Sie scheuchten ihn durch die Kirche, warfen mit ihren Holzpantoffeln und hätten ihn tüchtig verhauen, wenn der Teufel nicht unter das Dach geflogen wäre. Da griff er sich den Glockenstrang und zog so heftig, daß die Glocke runterstürzte. Durchs Loch im Glockenturm sprang er ins Freie, schwang sich auf eine schwarze Wolke und flog in das Land, wo er mit Pech und Schwefel regiert.

In der Kirche sangen sie »Nun danket alle Gott«. Sie sperrten Türen und Fenster auf, damit der Teufelsgestank abziehen konnte. Die Glocke aber lag stumm in der Kirche, und keine acht Pferde konnten sie bewegen. Sie gab keinen Ton von sich und blieb da als Erinnerung an die Zeit, als die Teufel noch in die Kirche gingen.

Mädchen zum Vorzeigen

Die Jungs gingen nur in die Kirche, um sich über die Mädchen zu amüsieren. Sie standen in der hintersten

wi de Fruuens renspazeert käme, toerscht dat Madamke, hinder ehr de Dächter, feein rutjeputzt tom Värzeige. Se kickde nich rechts, nich links, on wenn de Lorbasse gnidderde on zischelte, kreeje de Marjellkes roode Backe. De Jungs greepe ook noa de Zepp on versochte, de Schörtebänder optoteehne.

Denn wurd jesunge on jebeedt. Oaver de Jungs sunge nich »Jesus, meine Zuversicht«. De Kräte hadde seck e annerem Vers torechtjelegt, de jing so: »Jesus, miene Kooh frett nich, on mien Oss de liggt em Starve.«

Käm dat to de Stell, wo de oole Wiever sunge: »Vom Hemmel hook, doa koam eck her«, säde de Lorbasse: »Wat kröppst so hook, wer kann doafer.«

Et jeew ook e scheenet Kerkeleed, dat jing so: »Wach auf, du Herzensschöne, Herzallerliebste mein ...« De Lorbasse kickde de Marjellkes doll an on sunge: »Stoa op, Marieke, Lene, on moak dat Fier an ...«

Wenn de Orgel dem letzte Puster von seck jeew, käm et to eenem Värbimarsch vär de Kerkedär. De Jungs stunde Spaleer on sparrde Muul on Ooge op. De Marjellkes moste doa dörch on plierte to dem eene oder annere. So wär sinndachs enne Kerk e opprejend Stundke, wo de junge Lied markde, dat et tweerlie Mensche jeew.

Reihe und sahen zu, wie sie reinspaziert kamen, vorn die Mütter, hinter ihnen die zum Vorzeigen rausgeputzten Töchter. Die blickten nicht rechts, nicht links, und wenn die Jungs zischelten, bekamen die Mädchen rote Backen. Im Vorübergehen griffen die Jungs auch nach den Zöpfen oder versuchten, die Schürzenbänder aufzuziehen.

Sie fingen an zu singen und zu beten. Aber die Jungs sangen nicht »Jesus, meine Zuversicht«, sie hatten sich einen Vers zurechtgelegt, der ging so: »Jesus, meine Kuh frißt nicht, und mein Ochse liegt im Sterben.«

Kamen sie zu der Stelle, an der die alten Frauen sangen: »Vom Himmel hoch, da komm ich her«, antworteten die Jungs: »Was steigst so hoch, wer kann dafür.«

Sie sangen auch das alte Kirchenlied »Wach auf, du Herzensschöne, Herzallerliebste mein ...« Dabei schauten die Jungs die Mädchen an und sangen: »Steht auf, Mariechen, Lene, und macht das Feuer an ...«

Wenn die Orgel den letzten Puster von sich gegeben hatte, kam es zum großen Vorbeimarsch an der Kirchentür. Die Jungs standen Spalier und sperrten Mund und Augen auf. Die Mädchen mußten da durch und blickten scheu zu dem einen oder dem anderen. Ja, sonntags in der Kirche war eine aufregende Stunde, in der die jungen Leute merkten, daß es zweierlei Menschen gibt.

Jesu-Wunde-Wien

De oole Schutta drunk geern moal e Schlubberke Branntwien. Doaröm jing he ook flietig enne Kerk, wenn dat Oawendmoahl utjedeelt wurd. De roode Wien wär joa man verdennt, oaver beeter als goarnuscht. Et schmeckt em ook so good, dat he seck e tweeitet Moal en de Reehj stelld.

»Du häst doch all e Schlubberke jekreeje«, säd de Pfarr.

»Ach, Herrke«, meent de Schutta. »Eck hebb noch e Sünn verjeete, de mott ook begoote ware.«

De Pfarr jeew em e Schluck, on de Schutta bedankt seck sehr. Et steerd em nich, dat he dat Blood von Jesu Wunden to drinke bekäm. Hauptsach, et schmeckd.

Biem näckste Oawendmoahl doachd de Pfarr bi seck: Eck war dem Schutta helpe met sienem Jesu-Wunde-Wien. He jeew em Kerschsaft to suupe.

De Schutta rubbeld seck dem Deetz on säd: »Diewel ook, dat kann nich dat Blood von Jesu Wunden sien. Wenn dat man nich dat Blood von de leewliche Jungfruu es.«

Näckstem Sinndach froagd he dem Klingelbiedelmann vär de Kerkedär: »Jefft dat hied Jesu-Wunde-Blood to drinke?«

»Wat weet eck«, säd de Mann. »De Pfarr häd jistern Pluume jescheddeld.«

»Doa kannst mi met joage«, schempd de Schutta. »Pluumesopp helpt nich fer onsre Sünn, dat jefft bloßig

Jesu-Wunden-Wein

Der alte Schutta trank gern mal einen Schluck Branntwein. Darum ging er auch fleißig in die Kirche, wenn das Abendmahl ausgeteilt wurde. Der rote Wein war ja nur verdünnt, aber besser als gar nichts, dachte er sich. Es schmeckte ihm so gut, daß er sich ein zweites Mal in die Reihe stellte.

»Du hast doch schon einen Schluck bekommen«, sagte der Pfarrer.

»Ach, Herr, ich hab' noch eine Sünde vergessen, die muß auch begossen werden.«

Der Pfarrer gab ihm von dem roten Wein, und der Schutta bedankte sich sehr. Es störte ihn nicht, daß er das Blut von Jesu Wunden zu trinken bekam. Hauptsache, es schmeckte.

Beim nächsten Abendmahl dachte der Pfarrer: Ich werde dem Schutta helfen mit seinem Jesu-Wunden-Wein und gab ihm Kirschsaft zu trinken.

Der Schutta rubbelte sich den Kopf und sagte: »Teufel auch, das kann nicht das Blut von Jesu Wunden sein. Wenn das man nicht das Blut von der lieblichen Jungfrau ist.«

Am nächsten Sonntag fragte er den Kirchendiener am Eingang: »Gibt das heute Jesu-Wunden-Blut zu trinken?«

»Was weiß ich«, sagte der Mann. »Der Pfarrer hat gestern Pflaumen geschüttelt.«

»Da kannst mich mit jagen«, schimpfte der Schutta. »Pflaumensuppe hilft nicht gegen unsere Sünden, die

Schieterie. Segg man dem Pfarr, he sull de Pluumesopp alleen suupe.«

Diewelshochtied

Eenmoal em Joahr, en de Nacht tom erschte Mai, fierd de Diewel Hochtied. Dat wär so Bruuk en de Hell, dat de Diewel seck e Fruu emmer bloßig fer een Joahr nähm. Denn greppd he seck e nieje, on de oole scheckd he als Hex oppem Blocksbarg tom Bessemriede.

Et wär e leewliche Maiennacht, als de Diewel op dem Barg huckd on luuerd, dat de Hexe em e nieje Bruut todriewe. E poar oole Hexe had he seck als Diewelstodriewer angajeert, de suusde dörch de Loft on lachde on kicherde.

He huckd bi dat Fier. He drunk Fierwoater. He fräd Höhnerknoakes. He sung Diewelsleeder on wachd op de nieje Bruut.

Motst doch moal seehne, wo se blefft, doachd he on kickd över dem Barg. Nuscht to seehne.

He schriet de Hexe to, se sulle em freschet Fleesch bringe.

»Wacht man noch e beske on drink von dem Fierwoater«, säde de oole Hexe.

He drunk Fierwoater on sung Diewelsleeder. De Hexe speelde em op dem Duudel vär on danzde op dem Bes-

gibt bloß Scheißerei. Sag man dem Pfarrer, er soll die Pflaumensuppe allein trinken.«

Teufelshochzeit

Einmal im Jahr, in der Nacht zum 1. Mai, feierte der Teufel Hochzeit. Das war so Brauch in der Hölle, daß der Teufel sich eine Frau immer für ein Jahr nahm. Dann besorgte er sich eine neue und schickte die alte als Hexe auf den Blocksberg zum Besenreiten.

In der lieblichen Maiennacht saß der Teufel auf dem Berg und wartete darauf, daß die Hexen ihm eine neue Braut zuführten. Ein paar alte Hexen hatte er sich als Teufelszutreiber engagiert, die sausten durch die Lüfte, lachten und kicherten.

Er saß am Feuer. Er trank Feuerwasser. Er fraß Hühnerknochen, sang Teufelslieder und wartete auf die neue Braut.

Mußt doch mal sehen, wo sie bleibt, dachte er und schaute über den Berg, aber nichts war zu finden.

Er schrie den Hexen zu, sie sollten ihm frisches Fleisch bringen.

»Warte noch ein bißchen und trink von dem Feuerwasser«, antworteten sie.

Er trank Feuerwasser und sang Teufelslieder. Die Hexen spielten ihm mit der Harmonika auf und tanzten

sem. Eene broachd em to äte, de annere jeew em Fierwoater.

So jing dat bet en de Jeeisterstund. Om Meddernacht full de Diewel vom Holtbock on kullerd ent Gras. He käm erscht wedder to seck, als de Sinn opgoahne wull, on wunderd seck, dat keein Fierwoater doa wär. Ook de Hexe hadde em verloate. De Knoakes deede em weh, am Dassel fund he e dicke Bruusch. Bestemmt hebbe mi de Hexe met ehrem Bessem so tojerecht, doachd he seck.

Bi em leeg e nieje Fruu, oaver se wär över Nacht ook e Hex jeworde, de keeine Tähn im Muul on e kromme Näs had.

»Ei Diewel«, schempd he, »wat es dat fer a Last met de Wiever.«

Om de Meddachstied broachd em de Tersch, de överschte von de oole Hexe, e ordentliche Moahltied, wi seck dat jeheerd noa dem Hochtiednacht.

auf dem Besen. Die eine brachte ihm Hühnerknochen, die andere gab ihm Feuerwasser.
So ging das bis zur Geisterstunde. Um Mitternacht fiel der Teufel vom Holzklotz und rollte ins Gras. Er kam erst wieder zu sich, als die Sonne aufgehen wollte, und wunderte sich, daß kein Feuerwasser da war. Auch die Hexen hatten ihn verlassen. Die Glieder taten ihm weh, am Kopf fand er eine dicke Beule, die die Hexen ihm verschafft hatten, als sie den Teufel mit dem Besen traktierten.
Neben ihm lag die neue Frau, aber sie war über Nacht auch schon eine Hexe geworden, die keine Zähne im Mund und eine krumme Nase hatte.
»Was ist das für eine Last mit den Weibern«, schimpfte der Teufel.
Um die Mittagszeit brachte ihm die oberste der alten Hexen eine ordentliche Mahlzeit, wie sich das gehört nach einer Hochzeitsnacht.

Danzvergnieje on annere Spoaskes

Tanzvergnügen und andere Späße

Tokicke kost nuscht

Wenn de Leiermann met sienem Musikkaste värbikäm, flooge de Schlorre man so äwer dem Hoff. Marjellkes on Lorbasse danzde, dat et nur so stöwerd! Mängsmoal had de Leiermann ook e kleeinet Oapke op dem Kaste hucke. De had e roodet Schäckert an met goldne Bommel am Ärmel. Dat Oapke wär an e Keed jebunde, oaver et kunn vom Kaste runderhoppse on metdanze.

De oole Fruu Grischat käm geern met ehrem Strecktieg op dem Hoff, om dem Leiermann totoheere on to kikke, wi de junge Lied danzde.

»Tokicke kost nuscht«, säd se on streckd flietig vär seck hen.

Op eenmoal sprung de Oap kiewig von dem Leierkaste, kreej dat Strecktieg to packe, rebbeld dem Sock on dem Kluu op on leed nich noa, bet keein Masch äwrigjebleewe wär.

Johannesfier

Enne Johannesnacht moakd wi emmer e grootet Fier. Am Dach doavär schleppd wi oole Bräder on Jebisch op dem Barg, ook de dröge Kränz vom Kerkhoff wurde afjesammelt on op dem Huupe jeschmeete. Et bleew

Zuschauen kostet nichts

Wenn der Leierkastenmann mit seinem Musikkasten ins Dorf kam, flogen die Holzpantoffeln nur so über den Hof. Mädchen und Jungs tanzten, daß es nur so staubte! Manchmal hatte der Leierkastenmann auch einen kleinen Affen auf dem Kasten sitzen. Der trug ein rotes Jackett mit goldenen Anhängern am Ärmel. Das Äffchen war an eine Kette gebunden, aber es konnte vom Kasten runterspringen und mittanzen.
Die alte Frau Grischat kam gern mit ihrem Strickzeug auf den Hof, um dem Leierkastenmann zuzuhören und zu sehen, wie die jungen Leute tanzten.
»Zuschauen kostet nichts«, sagte sie und strickte fleißig vor sich hin.
Einmal sprang das Äffchen frech vom Leierkasten, bekam das Strickzeug zu fassen, rebbelte den Strumpf und den Wollknäuel auf und gab nicht Ruhe, bis keine Masche übriggeblieben war.

Johannesfeuer

In der Johannesnacht entzündeten wir immer ein großes Feuer. Am Tag vorher schleppten wir alte Bretter und Sträucher auf den Berg, auch die trockenen Kränze vom Kirchhof wurden abgesammelt und auf

joa lang hell en de Johannesnacht. Wenn et anfung, schummerig to ware, jing dat ganze Derp op dem Barg. Wi stunde em Kries on sunge Leeder. De Marjellkes danzde om dat Fier, de Jungs steckde Teertonne an on leete se dem Barg runderkullere bet en dem Diek. Doa jing dat Fier met Zische on Dampe ut, mängsmoal schwomm ook e brennende Teertonn e Wielke op dem Woater.

Eenmoal most dat Johannesfier utfalle. Dat wär en dem Soamer, als de Rußlandkrieg anfung. De Berjermeeister käm on säd, Fiermoake es verboade. De Ruß kann dat Fier seehne, seck doaran orenteere on Bombe op dat Derp schmiete.

»Em Krieg jefft dat Fier jenoog«, säd de Berjermeeister, »doa bruuk wi nich ook noch romtopeesere.«

En dem Nacht is keeiner op dem Barg jegange. Alle huckde en ehre Hieser, steckde de Petrolfunzel an on doachde an dat groote Fier em Krieg. Jesunge wurd ook nich.

Dem Krieg över jeew dat keein Johannesfier mehr. Op de Russe dem oole Bruuk wedder anjefange hebbe, weet eck nich. De hebbe joa annere Feste on Fier jenoog.

den Haufen geworfen. Es blieb ja lange hell in der Johannesnacht. Wenn es endlich anfing, schummerig zu werden, gingen jung und alt auf den Berg. Wir standen im Kreis und sangen Lieder. Die Mädchen tanzten um das Feuer, die Jungs steckten Teertonnen an und ließen sie den Berg runterkullern bis zum Teich hin. Dort ging das Feuer mit Zischen und Dampfen aus, aber manchmal schwamm eine brennende Teertonne noch eine Weile auf dem Wasser.

In dem Sommer, als der Rußlandkrieg anfing, mußte das Johannesfeuer ausfallen. Der Bürgermeister sagte, Feuermachen sei verboten. Der Russe könnte das Feuer sehen, sich daran orientieren und Bomben auf unser Dorf schmeißen.

»Im Krieg gibt es Feuer genug«, sagte er, »da brauchen wir nicht auch noch rumzupeesern.«

In jener Nacht ist keiner auf den Berg gegangen. Wir saßen vor den Häusern, steckten die Petroleumlampen an und dachten an das große Feuer im Krieg. Gesungen wurde auch nicht.

In den Kriegsjahren gab es kein Johannesfeuer mehr. Ob die Russen später den alten Brauch wieder aufleben ließen, weiß ich nicht. Die haben ja andere Feste und andere Feuer.

Marjedoaler Danzvergnieje

Eck well vertelle vom Danzvergnieje in Marjedoal. Stecker veer Muskante jeewe em Saures, de Schudelkes huulde, on dat Moandke verkröpp seck hinder Wolke, wenn de Posaun »Argonnerwald« speeld. Hadde de Muskante dem Hals full, kunne se ook dichtig bloase.
De Marjellkes danzde, dat de Flecker flooge. Dat beste Hoppse jing bi de »Holzaukschon em Grunewoold«. Ook de Voagelkes em Woold hebb wi besunge, on kornblumenblau wär wi joa alle Mann. To miener Tied speelde se ook »Eck hebb mien Hart en Heidelberg verloare«, on de Mudderkes, de anne Sied huckde on tokickde, sunge: »Sittst du nich, doa kömmt he ...«, wenn se e Schwiegersehn fer ehre Marjell sochte.
Biem Schrumm en Marjedoal jeew et emmer Preejel. Dat jeheerd seck so. De junge Kerdels hadde emmer Dollheeite em Kopp, se kloppte seck op dem Tuntel, bet dat Blood ennet Beerglas kleckerd. Eener wär doa, de kunn Glas fräte. Een annerer hoppsd met dem Säbel, wi de Kosoake danze. Se schmeete ook Desche ut dat Finster, stuukde seck jegensietig enne Drangtonn on bestölpte seck met Melkemmers. De Marjellkes krieschde, on de Kroogwert schloag met dem Bessem doatwesche.
Wenn morjens de Sinn opjing, jeewe de Muskante eenem letzte Muckscher, bivär se noa Huus dammelde. De Kroogwert bekickd seck dat Schlachtföld on säd: »Et sitt ut, als wenn de Kosoake jehuust hebbe.«

Marienthaler Tanzvergnügen

Einmal im Jahr war Tanzvergnügen in Marienthal. Ungefähr vier Musikanten dudelten, die Hunde jaulten, und der Mond verkroch sich hinter Wolken, wenn die Posaune »Argonnerwald« spielte. Erst wenn die Musikanten den Hals voll hatten, konnten sie tüchtig blasen. Die Mädchen tanzten, daß die Flecker flogen. Das beste Tanzen ging bei der »Holzauktion im Grunewald«. Auch die Vögel im Walde haben wir besungen, und kornblumenblau waren die Männer ja alle. Zu meiner Zeit spielten sie auch »Ich hab' mein Herz in Heidelberg verloren«, und die Mütter, die an der Seite saßen und zuschauten, sangen am liebsten: »Siehst du nicht, da kommt er«, weil sie einen Bräutigam für ihre Töchter suchten.

Beim Tanzvergnügen in Marienthal gab es immer Prügel. Das gehörte dazu. Die jungen Leute hatten Tollheiten im Kopf, sie kloppten sich auf die Nase, bis das Blut ins Bierglas kleckerte. Einer war da, der konnte Glas fressen. Ein anderer tanzte mit dem Säbel wie die Kosaken. Sie schmissen auch Tische aus dem Fenster, warfen sich gegenseitig in die Abfalltonne und setzten sich einen Milcheimer auf den Kopf. Die Mädchen kreischten, und der Krugwirt schlug mit dem Besen dazwischen.

Wenn morgens die Sonne aufging, gaben die Musikanten einen letzten Seufzer von sich, bevor sie nach Hause taumelten. Der Krugwirt besah sich das Schlachtfeld und sagte: »Es sieht aus, als wenn die Kosaken gehaust haben.«

De Muskantewoage

Em Soamer käm emmer de Muskant Wolske ent Derp. Dat wär e kleeinet Mannke met em Puckel onder dem Jäckert. De huckd op eenem tweerädrije Woage, de von siene Dochter jetoage wurd. Vär jedem Huus bleew he stoahne on fung an to speele. He speeld em Hucke meehrere Enstrumente op eenmoal, Duddel on Pauk, Trompet on Diewelsjeeig. Em Muul had he e Muulkefiddel, oppem Kopp so e Oart Schelleboom, de rasseld man so, wenn he dem Kopp scheddelt. Dat ganze Derp käm op de Stroat to seehne, wi de Wolske met Händ, Feet, Muul on Kopp e ganze Danzkapell ersette kunn. Se jeewe em Äte on Drinke, ook e Dittke fer Beer, on de Marjell vär dem Woage kreej e Stundelutscher.

De verreckte Dreetien

De Hochtied vom Gustav on siene Martke wurd festjesett op Friedach, dem 13.
»Na, dat ward e Ongleck jeewe«, säd de oole Wiever, oaver de Bruut wull dat so hebbe.
»Fer mi es de Dreetien e Gleckstoahl«, säd se.
So bleew et bi dissem Dach.

Der Musikantenwagen

Im Sommer kam immer der Musikant Wolske ins Dorf, ein kleines Männchen mit einem Buckel unter der Jacke. Er saß auf einer zweirädrigen Karre, die von seiner Tochter gezogen wurde. Vor jedem Haus blieb er stehen und spielte auf. Er spielte im Sitzen mehrere Instrumente auf einmal, Harmonika und Pauke, Trompete und Teufelsgeige. Vor den Mund hatte er sich eine Mundharmonika gebunden, auf dem Kopf thronte eine Art Schellenbaum, der rasselte, wenn Wolske den Kopf schüttelte. Die Leute kamen auf die Straße, um zuzusehen, wie der Wolske mit Händen, Füßen, Maul und Kopf eine ganze Musikkapelle ersetzen konnte. Sie gaben ihm Essen und Trinken, auch einen Groschen für Bier, und das Mädchen vor dem Wagen bekam einen Stundenlutscher.

Die verrückte Dreizehn

Die Hochzeit von Gustav und Martha wurde festgesetzt auf Freitag, den 13.

»Na, das wird ein Unglück geben«, tuschelten die alten Frauen, aber die Braut wollte es so haben.

»Für mich ist die Dreizehn eine Glückszahl«, sagte sie. So blieb es bei diesem Tag.

En de Week vär dem Hochtied most veel bescheckt ware. E Pochel wurd jeschlacht, e Kalw most starve, ook Stecker seß Kurre, jede woag 13 Pund. De Backfruu reekerd dreei Doag met dem Oawe, on als wi ons dat Backwark bekickde, telld wi 13 Torte. Na, dat ward woll jenoog sien.

Meddachs käme de Jäst anjefoahre. Dat Bruutpoar stund em Hochtiedstoat vär de Där on seej scheen ut. Alle steeje vom Woage, jeewe Bruut on Briedgam de Hand on broachde Jeschenke. Em Kries stunde se op dem Hoff, foolde de Händ on sproake een Jebeed. Denn jing et los to de Kerk, wi telld 13 Kutschwoagens. Dat Kornke woagd goldjäl, de Kartoffelfölder bleehjde, de Bloomkes von de Keenigin Luis, de Roadels on de roode Moahn nickde am Wejrand met ehre Köpp dem Bruutpoar to. Op alle Woagens funge se an to singe.

Als se to de Kerk käme, bimmelde schon de Glocke. De Pfarr feehrd dat Bruutpoar enne Kerk. He jeew em dem Truuspruch von de Korinther 13, Versch 13 met op dem Wej on vertelld veel von Glaube, Liebe, Hoffnung.

Wat sull eck segge: De Gustav on de Martke hebbe 13 Kinderkes enne Welt jesett. On wenn de krätsche Krieg nich jekoame wär, hädde alle noch läwe kund.

In der Woche vor der Hochzeit mußte viel besorgt werden. Ein Schwein wurde geschlachtet, ein Kalb mußte sterben und sechs Puten, jede zu 13 Pfund. Die Backfrau räucherte drei Tage im Haus, und als wir uns ihr Backwerk anschauten, zählten wir 13 Torten. Na, das müßte doch reichen.
Mittags kamen die Gäste angefahren. Das Brautpaar empfing sie im Hochzeitsstaat vor der Tür, es sah schön aus. Alle stiegen vom Wagen, gaben Braut und Bräutigam die Hand und überreichten ihre Geschenke. Die ganze Gesellschaft bildete einen Kreis auf dem Hof, sie falteten die Hände und sprachen ein Gebet. Dann fuhren sie los zur Kirche, wir zählten 13 Kutschwagen. Der Roggen wogte goldgelb, die Kartoffelfelder blühten, die Blumen der Königin Luise, die Raden und der rote Mohn nickten am Wegrand dem Brautpaar zu. Unterwegs fingen sie an zu singen.
Als sie die Kirche erreichten, bimmelten schon die Glocken. Der Pfarrer führte das Brautpaar ins Gotteshaus, gab ihnen den Trauspruch von den Korinthern 13, Vers 13 mit auf den Weg und erzählte viel von Glaube, Liebe, Hoffnung.
Es bleibt noch zu sagen, daß Gustav und Martha 13 Kinder in die Welt setzten. Und wenn der verrückte Krieg nicht gekommen wäre, hätten alle noch leben können.

Ohne Singe jing et nich

Enne Wintertied fung de Schemmerstund schon Noameddach an. Wenn dat Veeh beschechtt wär, bleew wieder nuscht to doahne, als under de Petrolfunzel to hucke on op de Nacht to wachte. Denn kreej de Spennwocke Oarbeeid, wurde Stremp jestoppt, Kneep anjeneejt on Reesters op de Bexse jesett. De Wind huuld gruulich om dat Huus on dreew Schnie en dem Goarde. Dat wär de scheenste Tied, Märkes on gruuselije Jeschichte to vertelle vom Franzosekrieg, dem Schlacht von Sedan on vom oole Napoleon, de to siene Tied bi ons sien Onweese jedreewe häd. Mängsmoal sunge wi ook dat Leed von de Wacht am Rhein tom Utlache fer de Franzose:

Hoal Schnuuz, Kamel, on burbel nich
on sing de Wacht am Rhein.
Et bruust e Roop wie Donnerhall,
Napoleon huckt em Schwienestall,
Mac Mahon fegt de Stoawe ut,
Bossan, de drecht dem Schiettopp rut …
Wi singe de Wacht am Rhein.

Ohne Singe wär et em Winter nich uttohoale. Wenn de Fruuens Handoarbeeid moakde, hebbe se emmer jesunge. Ook biem Feddereriete most jesunge ware. Wenn wi biem Melke sunge, stunde de Keech stell on heerde to. Ook de Kranke most värjesunge ware, dat jeew Help. On wenn et ant Starve jing, hebb wi ook jesunge.

Ohne Singen ging es nicht

In der Winterzeit fing die Schimmerstunde schon am Nachmittag an. War das Vieh versorgt, blieb weiter nichts zu tun, als unter der Petroleumlampe zu sitzen und auf die Nacht zu warten. Dann bekam das Spinnrad Arbeit, wurden Strümpfe gestopft, Knöpfe angenäht und Flicken auf die Hosen gesetzt. Der Wind heulte ums Haus und trieb Schnee in den Garten.
Es war die Zeit, Märchen und gruselige Geschichten zu erzählen vom Franzosenkrieg, der Schlacht von Sedan und vom alten Napoleon, der zu seiner Zeit bei uns sein Unwesen getrieben hatte. Manchmal sangen wir auch das Lied von der Wacht am Rhein, um die Franzosen zum Narren zu halten:

Sei still, Kamel, und plapper nicht
und sing die Wacht am Rhein.
Es braust ein Ruf wie Donnerhall,
Napoleon sitzt im Schweinestall,
Mac Mahon fegt die Stube aus,
Bossan, der trägt den Nachttopf raus …
Wir singen die Wacht am Rhein.

Ohne Singen war der Winter nicht zu ertragen. Wenn die Frauen Handarbeit machten, sangen sie. Auch beim Federnreißen mußte gesungen werden. Sangen wir beim Melken im Stall, standen die Kühe still und hörten zu. Auch den Kranken mußte vorgesungen werden, das gab Hilfe. Und wenn es ans Sterben ging, haben wir auch gesungen.

Allerlie Dammlichkeeite

Allerlei Dummheiten

Keein Stried anfange

De Johann on sien Noaber Emil foahrde moal met de Schniefkeboahn tom Peerdsmarkt noa Wehlau.
Onderwejens steeg e Mannke en on säd to dem Johann:
»Na, wi geiht?«
»Good geiht«, säd de Johann.
»On wi geiht et de Fruu?«
»Ook good.«
»On de Kinderkes?«
»De geiht et ook good.«
Een Station wieder steeg de Fremde ut.
»Wat vertellst du fer Dammlichkeeite«, säd de Emil to dem Johann. »Du heest doch keeine Fruu on ok keeine Kinder nich.«
»Woarüm sull eck met dem fremde Mensche Stried anfange«, säd de Johann.

Nuscht Nieet en Ensterborg

De Onkel Otto käm to Foot von Ensterborg to Beseuk, huckd seck op de Oawebank on säd erscht moal gar nuscht.
»Wat jefft et Nieet in Ensterborg?« froagd em de Voader.
»Nuscht Nieet es passeert, bloßig Tante Moalkes Schudelke hebb wi gistern begroawe.«

Nur keinen Streit anfangen

Der Johann und sein Nachbar Emil fuhren mit der Kleinbahn zum Pferdemarkt nach Wehlau.
Unterwegs stieg ein Mann ein und sagte zum Johann:
»Na, wie geht's?«
»Gut geht's«, antwortete Johann.
»Und wie geht es der Frau?«
»Auch gut.«
»Und den Kinderchen?«
»Denen geht es auch gut.«
Bei der nächsten Station stieg der Fremde aus.
»Was redest du für ein dummes Zeug«, schimpfte Emil. »Du hast doch keine Frau und auch keine Kinder.«
»Warum soll ich mit dem fremden Menschen Streit anfangen«, sagte Johann.

Nichts Neues in Insterburg

Der Onkel Otto kam zu Fuß von Insterburg, setzte sich auf die Ofenbank und sagte erst mal gar nichts.
»Was gibt es Neues in Insterburg?« fragte ihn der Vater.
»Nichts Neues ist passiert, nur den kleinen Hund von Tante Amalie haben wir gestern begraben.«

»Wi käm dat denn?«

»Na, de Tante Moalke most ent Krankehuus, on keeiner wär da, dat Schudelke to fuddere. Da es et jestorve.«

»Wat moakt de Tante Moalke denn im Krankehuus?«

»Nu es se nich mehr im Krankehuus.«

»Wo es se denn?«

»In de Liekehall. Letzte Nacht es Tante Moalke jestorve.«

»Ärbaarmung! Dat Schudelke begroawe, de Tante Moalke dood! Wo es denn bloßig de Onkel Karl jebleewe?«

»De huckt em Jefängnis.«

»Wi es dat denn passeert?«

»He häd ut Keenigsbarg Kleedasch metjebroacht on nich betoalt.«

»Dat es doch nuscht Nieet«, säd de Voader. »De Onkel Karl wär doch emmer schon e Plawucht.«

»Oaver fer Tante Moalke wär et wat Nieet. De häd et seck so to Hart jenoahme, davon es se jestorve. Övermorje war wi se begroawe, on eck meecht alle enloade, noa Ensterborg op dem Kerkhoff to koame. De Onkel Karl ward ook, met e Keed an dem Jendarm jebunde, to Tante Moalkes Beärdjung koame. Äte on Drinke jefft et ook.«

»Wie kam das denn?«
»Na, die Tante Amalie mußte doch ins Krankenhaus, und keiner war da, den Hund zu füttern. Da ist das Tier gestorben.«
»Was macht die Tante Amalie denn im Krankenhaus?«
»Nun ist sie nicht mehr im Krankenhaus.«
»Wo ist sie denn?«
»In der Leichenhalle. Letzte Nacht ist Tante Amalie gestorben.«
»Ach du lieber Himmel! Der Hund begraben, die Tante Amalie tot! Wo steckt denn nur der Onkel Karl?«
»Der sitzt im Gefängnis.«
»Wie ist das denn passiert?«
»Der hat aus Königsberg Kleider mitgebracht und nicht bezahlt.«
»Das ist doch nichts Neues«, sagte der Vater. »Der Onkel Karl war doch schon immer ein Taugenichts.«
»Aber für Tante Amalie war es etwas Neues. Die hat es sich so zu Herzen genommen, davon ist sie gestorben. Übermorgen werden wir sie begraben, und ich möchte euch einladen, nach Insterburg auf den Kirchhof zu kommen. Der Onkel Karl wird auch, mit einer Kette an den Gendarm gebunden, zu Tante Amalies Beerdigung kommen. Essen und Trinken gibt es reichlich.«

Tom Narre schecke

De Mudder scheckd dem kleeine Robert tom Heringsbändjer Leschkemann, Lorbeerbläder to hoole. Onderwejens seejt he emmer vär seck her: »Lorbeerbläder, Lorbeerbläder.« Oaver als he em Loade steeiht, häd he et doch verjeete.

De Koopmann schempt: »Du Lorbaß, wat wellst hebbe?«

Doa fellt et dem Robert wedder en: »Fer e Dittke Lorbaßbläder.«

Annermoal scheckde se dem Boofke tom Leschkemann, Tweernsoat to hoole.

»Tweernsoat jefft dat erscht noa Ostern«, säd de Leschkemann. »Värher motst di dem Tweern met Schnodder ut de Näs drelle.«

Ook e Pundke Haumichblau wär bi dem Leschkemann nich to krieje.

»Wenn du et onbedingt hebbe wellst, motst di äwer dem Desch legge. Denn well eck di dat Noarschke blau haue«, säd de Koopmann.

Als de Muskante ent Derp käme, scheckte se dem Jung en dem Loade, Trompetekliester to keepe.

»De Muskante sulle selwst en de Trompet schiete, dat kliestert jenoog«, säd de Heringsbändjer Leschkemann.

Zum Narren halten

Die Mutter schickte den kleinen Robert zum Kaufmann Leschkemann, Lorbeerblätter zu holen. Unterwegs sagte er vor sich hin: »Lorbeerblätter, Lorbeerblätter.« Aber als er im Laden stand, hatte er es doch vergessen.

Der Kaufmann schimpfte: »Du Lorbaß, was willst du haben?«

Da fiel es dem Robert wieder ein: »Für einen Groschen Lorbaßblätter.«

Ein andermal schickten sie ihn, Zwirnsaat zu holen.

»Zwirnsaat gibt es erst nach Ostern«, sagte der Leschkemann. »Vorher mußt du dir Zwirn aus der Nase drehen.«

Auch ein Pfund Haumichblau konnte er beim Leschkemann nicht kaufen.

»Wenn du es unbedingt haben willst, mußt du dich auf den Tisch legen. Dann will ich dir das Hinterteil blau hauen«, sagte der Kaufmann.

Als die Musikanten ins Dorf kamen, schickten sie den Jungen in den Laden, Trompetenkleister zu holen.

»Sag ihnen man, sie sollen selbst in die Trompete scheißen, das kleistert genug«, sagte der Heringsbändiger Leschkemann.

Enne Duume jebeete

En de oole Tiede wär et Bruuk, dat de Voader oawends dat heeilje Book opschloag on de Stell värleesd, wo jeschreewe stund: »Züchtige mich, Herr, aber mit Maßen.« De Kinder moste antreede on vertelle, wat se doachsöver bereete hadde. De Voader deeld jedem noa Verdenst de Preejel to, emmer met dem Stock op dat Noarschke. Doanoa moste de Kinder em de Hand butsche on dank scheen segge.

De kleeine Fridolin had siene Schwester e Klops jeklaut on opjefräte. Doafer jeew em de Voader dreei Schläg op dem Noarsch. Dat wär dem Fridolin to veel fer een kleeinet Klopske. He wurd opstarnoatsch, on als he de Hand butsche sulld, beet he dem Voader enne Duume. Von da an wär et värbi mit Handbutsche on Dankscheensegge. Oaver Preejel jeew et emmer noch.

Danz om dat Fier

De Schlorremoaker Safran wohnd en ennem kleeine Holthuus am Woold, en dem de Wanzkes rejeerde. He spröd de Wänd met Jauch en, he reekerd de Stoaw ut, nuscht wull helpe. He sett dat Huus onder Woater, de Wanzkes lachde seck ent.

In den Daumen gebissen

In alten Zeiten war es Brauch, daß der Vater abends das heilige Buch aufschlug und die Stelle vorlas, wo geschrieben stand: »Züchtige mich, Herr, aber mit Maßen.« Die Kinder mußten antreten und erzählen, was sie tagsüber ausgefressen hatten. Der Vater teilte jedem nach Verdienst die Prügel zu, immer mit dem Stock auf das Hinterteil. Danach mußten die Kinder ihm die Hand küssen und danke schön sagen.

Der kleine Fridolin hatte seiner Schwester einen Klops gestohlen und aufgefressen. Dafür gab ihm der Vater drei Schläge auf den Hintern. Das war dem Fridolin zuviel für einen kleinen Klops. Er wurde aufsässig, und als er die Hand küssen sollte, biß er dem Vater in den Daumen.

Seitdem war es vorbei mit Handküssen und Dankeschönsagen. Aber Prügel gab es immer noch.

Tanz ums Feuer

Der Holzschuhmacher Safran wohnte in einem kleinen Häuschen am Waldrand, in dem die Wanzen regierten. Er spritzte die Wände mit Jauche ein, er räucherte die Stuben aus, nichts wollte helfen. Er setzte das Haus unter Wasser, aber die Wanzen lachten nur.

»Eck war ju Kräte schon krieje!« schempd de Schlorremoaker.

He steckd dat Huus an, fung an, op siene Schlorre öm dat Fier to danze, on freeid seck, dat alle Wanzkes starve moste. Von dem Huus bleef bloßig schwartet Jerempel äwrig, oaver de Wanzkes wäre alle dood.

Fier borge

De Grigoleeitsche wär dat Fier utjegange. Se scheckd ehrem Jung, dem Gerhard, met em Blechemmerke tom Noaber, Fier to borge.

De Gerhard kreej ook e grootet Steck Gload en dem Emmer jeschmeete. Doamet dat Fier nich utgeiht, rennd he met dem Emmerke över de Wäs. Je doller he rennd, desto doller brennd dat Fier von dem Lofttoag. Als he to Huus ankömmt, steeiht dat Emmerke en Flames.

»De Diewel es hinder mi heer!« schreej de Jung on schmeed vär Schreck dat Emmerke en dem Bronne.

»Ich werde euch schon kriegen!« schimpfte der Holzschuhmacher.
Er steckte das Haus an, fing an, auf seinen Schlorren um das Feuer zu tanzen, und freute sich, daß alle Wanzen sterben mußten. Von dem Haus blieb nur schwarzes Gerümpel übrig, aber die Wanzen waren alle tot.

Feuer holen

Der Frau Grigoleit war das Feuer ausgegangen. Sie schickte ihren Jungen, den Gerhard, mit einem Blecheimer zum Nachbarn, Feuer zu leihen.
Der Gerhard bekam auch ein großes Stück Glut in den Eimer geschmissen. Damit das Feuer nicht ausging, lief er mit dem Eimer über die Wiese. Je schneller er rannte, desto besser brannte das Feuer. Als er zu Hause ankam, stand der ganze Eimer in Flammen.
»Der Teufel ist hinter mir her!« schrie der Junge und warf vor Schreck den Eimer in den Brunnen.

E Madam op Reeise

E feeine Madam foahr met dem Toag von Keenigsbarg noa Cranz tom Spazeeregoahne am Woater. Se had seck dichtig jeschmöckt, droag e feeinem Hoot, so jäl wi Mostrich, dat Jesecht wär bunt anjemoalt. Anne Ärmel had se scheene witte Manschette, de wäre von wiedem to seehne. So huckd se em Sand, kickd rut op dem Ozeoan on leed seck nieschierij beokeln. Oawends steeij se wedder en dem Toag, om toricktofoahre noa Keenigsbarg. Se stund am Finster on zeigd de Mensche ehre Scheenhied.

De Toag wull joa nu boald affoahre. Bivär et losjing, verloar de Fruu eene witte Manschett. De full ut dem Finster op de Steenerkes. De Kondakter had schon dem Piep em Muul, doa schriet se los: »Mien Manschett! Mien Manschett!«

»Loat dem Mann doch schiete, de Toag mott foahre«, säd de Kondakter on piepd los.

Eine Madam auf Reisen

Eine vornehme Frau fuhr mal mit dem Zug von Königsberg nach Cranz, um am Wasser spazierenzugehen. Sie hatte sich tüchtig geschmückt, trug einen feinen Hut, so gelb wie Mostrich, das Gesicht hatte sie bunt angemalt. An den Ärmeln trug sie schöne weiße Manschetten, die von weitem leuchteten. Sie setzte sich in den Sand, schaute auf den Ozean und ließ sich von den Leuten bewundern. Abends stieg sie wieder in den Zug, um zurückzufahren nach Königsberg. Sie stand am Fenster und zeigte den Menschen ihre Schönheit.

Der Zug wollte abfahren. Bevor es losging, verlor die Frau eine weiße Manschette. Die fiel aus dem Fenster auf die Steine. Der Bahnhofsvorsteher hatte schon die Pfeife im Mund, da hörte er die Frau schreien: »Meine Manschette, meine Manschette!«

»Laß den Mann doch scheißen, der Zug muß nun abfahren«, sagte der Bahnhofsvorsteher und pfiff auf der Pfeife.

Onderwejens

Unterwegs

De Reeis tom dietsche Keeiser

Wat wär dat fer e Opregung, als de Breefdräger Post von Tante Lieske broachd. Wiel de Oma met ehre oole Ooge schlecht leese kunn, most de Annemarie, de schon veer Joahr enne School jing, dem Breef värleese. De Tante Lieske schreew, se wär em Oogenbleck e beske onpaßlich, on de Oma sull doch koame, ehr to helpe.

»O du leewet Gottke«, säd de Oma. »Eck wär mien Läwdach nich wieder onderwejens als tom Kerkdorm von Goldap, on nu sull eck op miene oole Doag noa Berlin reeise.«

Oaver dat hulp joa nuscht. De Tante Lieske wär krank, on de Oma most henfoahre, ehr to helpe. Am selwije Dach fung se an entopacke. E halwet Schock Eeier, e poar Pundkes Botter, e jereekerte Worscht on tom Suupe twee Kanne Kerschsaft. Dat sulld lange bet Berlin. Enne Nacht krasseld se en ehre Koamer röm, packd Stremp on Underbexse en, dat Nieje Testament on dat Jesangbook, ook e Kluu Woll, denn se wull op de lange Reeis e poar Handschkes strecke on nich so onneedig römhucke. Als dat Morjelicht över dem Woold jekroope käm, stund de Oma fertig anjetoage anne Där on wull to Foot noa dem Boahnhoff goahne.

»Dat loat man«, säd ons Voader. »Eck war di met Peerd on Woage henfoahre, dat geiht schneller.«

Denn jing dat joa los. Se jeew ehre Enkelkes e Butsch oppe Näs. To ehre Schwiegerdochter, onsre Mudder, säd se, se sull doll oppasse op de Gnosse, doamet se nich

Die Reise zum deutschen Kaiser

Was war das für eine Aufregung, als der Briefträger Post von Tante Liese brachte. Weil die Oma mit ihren alten Augen schlecht lesen konnte, mußte Annemarie, die schon vier Jahre in die Schule ging, den Brief vorlesen. Die Tante schrieb, sie wäre im Augenblick ein bißchen unpäßlich, die Oma sollte doch kommen, ihr zu helfen.

»Ach, du lieber Gott«, sagte die Oma. »Ich war mein Lebtag nicht weiter unterwegs als bis zum Kirchturm von Goldap, und nun soll ich auf meine alten Tage nach Berlin reisen.«

Aber es half nichts. Die Tante Liese war krank, und die Oma mußte hinfahren, um ihr zu helfen. Gleich fing sie an zu packen. Ein halbes Schock Eier, ein paar Pfund Butter, eine geräucherte Wurst und zum Trinken zwei Kannen Kirschsaft wollte sie mitnehmen. Das sollte reichen bis Berlin. In der Nacht rumorte sie in ihrer Kammer, packte Strümpfe und Unterhosen ein, das Neue Testament und das Gesangbuch, auch einen Knäuel Wolle, denn sie wollte auf der langen Reise ein paar Handschuhe stricken und nicht so unnütz herumsitzen. Als das Morgenlicht über den Wald gekrochen kam, stand die Oma fertig angezogen an der Tür und wollte zu Fuß zum Bahnhof gehen.

»Das laß man«, sagte unser Vater. »Ich werde dich mit Pferd und Wagen hinfahren, das geht schneller.«

Dann ging es los. Sie gab ihren Enkelkindern einen Kuß auf die Nase. Zu unserer Mutter sagte sie, sie solle

so veel beriete. Wenn se torickkömmt, ward se veel to vertelle hebbe von de Reeis noa Berlin.

Bet Ensterborg ward se met dem Kleenboahn foahre, wieder noa Keenigsbarg met e Grootboahn, on von doa joagd se met em Iel-Toag, ohne veel antohoale, dörch bet Berlin. De Voader steckd ehr e Zeddel enne Fupp, op dem stund:

Anna Jonischkies aus Rominten will zu ihrer Tochter nach Berlin.

Et wurd joa nu e beske stell em Huus. Keeiner vertelld oawends Märkes, jesunge wurd ook nich. Telefon jeew et noch nich, et käm ook keein Breef, dat de Oma good enne dietsche Hauptstadt anjekoame wär. Wi doachte schon, de Toag wär dorchjejoagd noa Paris hen oder noch wieder bet Amerika.

»Wacht man e poar Weeke«, säd de Mudder. »Wenn de Oma noa Huus kömmt, häd se e Sack full to vertelle. On e poar Stundenlutscher ward se ook metbringe.«

On denn käm se joa ook an eenem Donnerschdach om de Vespertied. De Melkkutscher broachd se vom Boahnhoff met. Se schlackerd seck de Kleeder ut, puusd dem Stoof vonne Schooh, schmeed seck en ehrem Schokkelstoal on säd erscht moal goar nuscht.

»Du sittst mi so verhungert ut«, säd de Mudder on moakd fer de Oma e Pann Broadkartoffel met Sperkel.

»Von Stucks on Schabbelbohne kannst joa nich fett ware«, kloagd de Oma on nähm seck e Stippel Bottermelk to de Brost.

»Vertell, wat du beläwt häst«, beddelte wi.

nur tüchtig aufpassen, damit die Kinder nicht soviel anstellten. »Wenn ich zurückkomme, werde ich viel zu erzählen haben von der Reise nach Berlin.«
Bis Insterburg fuhr sie mit der Kleinbahn, weiter nach Königsberg mit einer Großbahn, und von dort jagte sie mit einem Eilzug, ohne viel anzuhalten, durch bis Berlin. Vater hatte ihr einen Zettel in die Tasche gesteckt:
Anna Jonischkies aus Rominten will zu ihrer Tochter nach Berlin.
Im Haus wurde es nun ein bißchen stiller. Keiner erzählte abends Märchen, gesungen wurde auch nicht. Telefon gab es noch nicht, es kam auch kein Brief, daß die Oma gut in der Hauptstadt angekommen wär. Wir dachten schon, der Zug wäre durchgejagt nach Paris oder noch weiter bis Amerika.
»Wartet noch ein bißchen«, sagte die Mutter. »Wenn die Oma nach Hause kommt, hat sie einen Sack voll zu erzählen. Und ein paar Stundenlutscher wird sie auch mitbringen.«
Und dann kam sie an einem Donnerstag um die Vesperzeit. Der Milchkutscher brachte sie vom Bahnhof mit. Sie schüttelte die Kleider aus, pustete den Staub von den Schuhen, warf sich in ihren Schaukelstuhl und sagte erst mal gar nichts.
»Du siehst mir so verhungert aus«, sagte die Mutter und schnitt Kartoffeln mit Speck in die Pfanne.
»Von Kartoffelbrei und Bohnen kannst nicht fett werden«, klagte die Oma und trank erst mal einen Liter Buttermilch.

»Eck mott mi erscht besenne on allet enne Reehj kriege«, säd de Oma. »Morje, wenn eck utjeschloape hew, war eck ju vertelle on denn jedem Dach e beske mehr, bet Wiehnachte ran.«

Am näckste Oawend fung dat Vertelle an. Als erschtet vertelld de Oma von de Hieser en Berlin, dreeimal so hook wi de Kerkdorm von Goldap.

»En eenem Huus läwe mehr Mensche als bi ons em ganze Derp. Doa ligge emmer twee en eenem Bedd. Dat kömmt bi ons joa ook vär, oaver en Berlin kenne seck de Mensche nich. De een oarbeeid am Dach on schleppt enne Nacht, de annere oarbeeid enne Nacht on schleppt am Dach. So blefft dat Bedd emmer warm.«

Jewundert häd de Oma seck, dat de Woagens ohne Peerdkes foahre. »De feeine Herres riede hook to Roß, on de oarme Lied renne met Bessem on Schippke hinderher on sammle de Peerdsäppel op. De Stroate seehne ut wi jeschiert, doa sent keeine Patschläker, du sittst keeinem Modder, keein Hoaske hoppst äwer dem Wej, nich moal e Pogg. On wenn Winter es, ware de Stroate jestriet, doamet du di nich de Knoakes brecksd.«

De Tied vergeiht schneller en dem Grootstadt, meend de Oma. Dat kömmt von de veele Standuhre, de anne Ecke stoahne on vertelle, wi spoad et es.

»Nich uttohoale es de Laarm. Dach on Nacht jing et so, als wenn bi ons oppe Schien de Dreschkaste wummert. Du heerscht keeinem Voagel piepe, af on to huule de Fabrike on de Ieserboahnkes. Schloape kannst schlecht, wiel de Lampe to veel Licht jeewe. De Mensche krieje

»Erzähl, was du erlebt hast«, bettelten wir.
»Ich muß mich erst besinnen und alles in eine Reihe bekommen«, sagte die Oma. »Morgen, wenn ich ausgeschlafen habe, werde ich erzählen und dann jeden Tag ein bißchen, bis Weihnachten hin.«
Am nächsten Abend fing sie an. Als erstes erzählte sie von den Häusern in Berlin, die dreimal so hoch waren wie der Kirchturm von Goldap.
»In einem Haus leben mehr Menschen als bei uns im ganzen Dorf. Es liegen immer zwei in einem Bett. Das kommt bei uns auch vor, aber in Berlin kennen sich die Menschen nicht. Der eine arbeitet am Tag und schläft in der Nacht, der andere arbeitet in der Nacht und schläft am Tag. So bleibt das Bett immer warm.«
Gewundert hat die Oma sich, daß Wagen ohne Pferde fuhren. Feine Herren ritten hoch zu Roß durch die Stadt, und die armen Leute liefen mit Besen und Schippe hinterher und sammelten Pferdeäpfel auf. Die Straßen sahen ihr aus wie gescheuert, da gab es keine Drecklöcher, du sahst keinen Morast, kein Hase sprang über den Weg, nicht mal eine Kröte. Und im Winter wurden die Straßen gestreut, damit sich keiner die Knochen brach.
»Die Zeit vergeht schneller in der Großstadt«, meinte die Oma. Das kam von den vielen Standuhren, die an den Ecken standen und den Vorbeigehenden erzählten, wie spät es ist.
Nicht auszuhalten war der Lärm in so einer Stadt. Tag und Nacht hörte sich das an, als wenn in Rominten auf der Scheune der Dreschkasten wummerte. Kein Vogel

nich moal dem Moand to seehne, ook keeine Steernkes, man knapp, dat de Sinn över dat Dack kickt.«

Am näckste Oawend vertelld de Oma von de Deere en Berlin. Kosse on Keech koame nich vär. Keein Hoafke kreeist över dem Hiesermeer, e poar Ente hebbe de Kepp en dat Woater vonne Spree jeduukt, Jissel häd se jeseehne, on e Ganter käm ehr hinderherjezoageld. Doamet de Mensche ook moal Deere to seehne krieje, hebbe se e Park met forchtboar wildem Jedeer enjerecht. Boare, Lewe on Elefante stelle seck doa ut on vergruule de Tokickers.

»De wilde Deere sent good jefuddert on fräte keeinem Mensche«, säd de Oma, »oaver Laarm moake se dichtig. De Tigers brelle, de Boare bromme, on de Elefante trompete.«

De Oma wußd ook, dat se jedem Dach e Boahn noa Rußland schecke, Ies on Schnie to hoole fer de Iesboare em Deerpark. De motte joa emmer op e Iesscholl ligge on seck verkloame.

De Oma es ook en dem groote Woold jeweese, wo dat Leed herkömmt »Em Grunewoold es Holzaukschon«. Doa hadd se e sonderboare Bejegnung. Als se spazeere jing, käm e feeiner Herr oppem Rappe anjereede. Hinder em twee Rieders en Husoareuniform.

»Wat sull eck ju segge! De feeine Herr sitt mi on hölt dat Peerd an.

›Dat es doch de Oma Jonischkies ut Rominte!‹ seejt he.

›Na, wi es dat meeglich, dat se mi kenne, Herrke?‹ froag eck em.

›Als eck vär eenem Joahr en Rominte wär, e Hersch to

sang, nur die Fabriken und die Eisenbahnen heulten. Schlafen konntest du schlecht, weil überall Lampen brannten. Die Berliner bekommen nicht mal den Mond zu sehen, auch keine Sterne, und die Sonne schaut gerade mal 'ne halbe Stunde über das Dach.
Am nächsten Abend erzählte die Oma von den Tieren. Ziegen und Kühe kamen nicht vor in Berlin. Kein Habicht kreiste über dem Häusermeer, ein paar Enten tauchten die Köpfe in das Wasser der Spree, Gössel schwammen aufgeregt hin und her, und ein Ganter kam ihr nachgewatschelt. Damit die Berliner auch mal große Tiere zu sehen bekommen, haben sie einen Park mit furchtbar wildem Getier eingerichtet. Bären, Löwen und Elefanten stellen sich dort aus und erschrekken die Zuschauer.
»Die Tiere sind gut gefüttert und fressen keinen Menschen«, beruhigte uns die Oma, »aber Lärm machen sie tüchtig. Die Tiger brüllen, die Bären brummen, und die Elefanten trompeten.«
Die Oma wußte auch, daß sie jeden Tag eine Bahn von Berlin nach Rußland schicken, Eis und Schnee zu holen für die Eisbären im Tierpark. Die müssen Tag und Nacht auf Eisschollen liegen und sich den Leib kühlen.
Einmal ist die Oma in dem großen Wald gewesen, von dem es im Lied heißt: »Im Grunewald ist Holzauktion.« Da hatte sie eine sonderbare Begegnung. Als sie spazierenging, kam ein feiner Herr auf einem Rappen angeritten. Hinter ihm zwei Reiter in Husarenuniform.
»Was soll ich euch sagen! Der feine Herr sieht mich und hält das Pferd an.

scheete, huckde Se vär Ehrem Huus on hebbe mi to drinke jejeewe. Dat hebb eck nich verjeete.‹«
Dat wär joa e freeidige Överraschung fer onsre Oma, oaver et käm noch doller.
»Eck ben de dietsche Keeiser«, säd de Herr. »Mi jeheerd de Woold en Rominte, on de Grunewoold en Berlin jeheerd mi ook, evenso de Oape on Elefante em Deerpark.«
Doaröver verschrock seck de Oma nu doch. Oaver de Keeiser bleew ganz ruhig on säd: »Weetst wat, bi mi jefft dat hied e goodet Oawendbroad. Kannst op mien Schlott koame tom Äte on Vertelle. Een Äter mehr am Desch moakt dem Jans nich fett.«
»Joa, dat geiht«, säd de Oma. »Eck hebb hied oawends ook nuscht anneret vär.«
De Keeiser drelld seck öm on säd to de Husoare, se sulle doafer sorge, dat de Oma Jonischkies op dat Schlott värjeloate ward.
»Eck heew oaver keeine scheene Kleeder metjebroacht, Majestät.«
»Dat moakt nuscht, wi welle nich danze, bloßig e beske von oole Tiede plachandre on doabi good äte on drinke.«
Oawends jing de Oma op dat Schlott. Vär dem Där stund e Kürasseer met em Helm op dem Deetz. De haud de Hacke tosamme, schmeed dem Säbel enne Loft on brelld: »De Oma Jonischkies ut Rominte ward vom Keeiser empfange!«
Wi wär dat bloßig feein en dem Schlott. Scheene Bilderkes wäre utjehängt, äwerall blinkerd Gold on Sil-

›Das ist doch die Oma Jonischkies aus Rominten!‹ sagt er.
›Na, wie ist das möglich, daß Sie mich kennen, Herr?‹ fragte ich ihn.
›Vor einem Jahr war ich in Rominten, um einen Hirsch zu schießen, da saßen Sie vor Ihrem Haus und haben mir zu trinken gegeben. Das hab' ich nicht vergessen.‹«
Das war nun wirklich eine freudige Überraschung, aber es passierte noch mehr.
»Ich bin der deutsche Kaiser«, sagte der Herr. »Mir gehört der Wald in Rominten und der Grunewald in Berlin, ebenso die Affen und Elefanten im Tierpark.«
Darüber erschrak die Oma, aber der Kaiser blieb ganz ruhig und sagte: »Weißt du was, bei mir gibt es heute ein gutes Abendbrot. Kannst auf mein Schloß kommen zum Essen und Erzählen. Ein Esser mehr am Tisch macht die Gans auch nicht fett.«
»Ja, das paßt«, sagte die Oma. »Ich hab' heute abend nichts anderes vor.«
Der Kaiser drehte sich um und sagte zu den Husaren, sie sollten dafür sorgen, daß die Oma Jonischkies auf das Schloß vorgelassen wird.
»Ich habe aber keine schönen Kleider mitgebracht, Majestät.«
»Das macht nichts, wir wollen nicht tanzen, nur ein bißchen von alten Zeiten sprechen und dabei gut essen und trinken.«
Am Abend ging die Oma zum Schloß. Vor der Tür stand ein Kürassier mit einem Helm auf dem Kopf. Der schlug die Hacken zusammen, schmiß den Säbel

ver. Groote Laterne bommelde an de Wänd, on e Paslak käm on verneigd seck vär de Oma. De Kürasseer met dem Helm op dem Deetz reed de Där tom Spiessoal op on schreej: »Majestät, de Oma Jonischkies es doa!«
»Loat se man renkoame.«
Als erschtet joagd de groote Joagdhund op de Oma to. »Du best doch dat Roofke«, säd de Oma to dem Hund. »Di kenn eck vom letzte Beseuk en Rominte.«
Doa wurd de Hund stell on kreep dem Keeiser to Feet. De Keeiser wiesd onsre Oma e Platz neven sienem Thron to on froagd: »Na, sent de Kartoffel good jewasse en Rominte?«
»Joa«, säd se, »dreei Zentner oppe Reehj, dat sull lange fer dem Winter.«
»Wat wellst äte, Bottermelksopp oder reeschem Kujelbroade?«
De Oma wär nich fuul on bestelld seck dem Broade. De Paslak gluckerd er e beske Wien ent Glas, de seej ut wi Goldwoater.
»De Wien kömmt ut de ungarsche Jegend on moakt lostig«, säd de Keeiser.
Wi seck de Oma so ömkickt, sitt se dem oole Fretz am End vom Desch hucke. E beske öller on verspoakt wär he schon jeworde. He neppd de Oma met dem ungarsche Wien to on säd: »En Preißisch-Letaue ben eck ook jeweese. Et sent goode, triee Mensche doa boowe, bloßig eenmoal hebbe se mi em Steck jeloate, als em Seewejährje Krieg de Russe enfulle.«
»Doavon weet eck nuscht«, säd de Oma. »Dat mott en de Tied jeweese sien, als de oole Fretz Jefreeiter wär.«

in die Luft und brüllte: »Die Oma Jonischkies aus Rominten wird vom Kaiser empfangen!«
Wie war es nur schön in dem Schloß. Große Bilder waren aufgehängt, überall blinkerte Gold und Silber. Auch Laternen hingen an den Wänden, ein Diener kam und verneigte sich vor der Oma. Der Kürassier mit dem Helm auf dem Kopf riß die Tür zum Speisesaal auf und schrie: »Majestät, die Oma Jonischkies ist da!«
»Laß sie man reinkommen.«
Als erstes jagte der Jagdhund auf die Oma zu.
»Du bist doch das Roofke«, sagte die Oma zu dem Hund. »Dich kenn' ich vom letzten Besuch in Rominten.«
Da wurde der Hund still und kroch dem Kaiser zu Füßen.
Der Kaiser wies der Oma einen Platz neben dem Thron zu und fragte: »Na, sind die Kartoffeln gut gewachsen in Rominten?«
»Ja«, sagte sie, »drei Zentner auf eine Reihe, das wird wohl reichen für den Winter.«
»Was willst du essen, Buttermilchsuppe oder knusprigen Schweinebraten?«
Wenn schon, denn schon, dachte die Oma und bestellte sich den Braten. Ein Diener goß ihr Wein ins Glas, der sah aus wie Goldwasser.
»Der Wein kommt aus der ungarischen Gegend und macht lustig«, sagte der Kaiser.
Wie sich die Oma so umschaute, entdeckte sie den Alten Fritz am Ende des Tisches. Ein bißchen älter und

He wull joa gern wedder noa Preißisch-Letaue koame, oaver he had joa de Gicht an Händ on Feet, on dat Weeder bi ons es emmer so koolt, doa bleev he leewer en sienem Sansusi.

Neven em huckd de oole Ziethen. De kunn nuscht mehr segge, bloßig noch singe.

»Dat Leed vom Joachim Hans von Ziethen kennd ju doch?« froagd de Oma ons Kinder. Se stemmd an, on wi moste metsinge, alle seewe Verskes.

Op de annere Sied von dem Toafel huckd de allerleewste Keenigin Luis.

»Eck si joa ook bi ju jeweese«, säd se to de Oma. »Dat wär doamoals, als de verreckte Kors ons op de Flucht jejoagd häd.«

De Oma bedankd seck scheen fer de bluue Kornbloomkes, de de Keenigin Luis noa Preißisch-Letaue jebroacht häd.

»Eck froagd noa dem Napoleon, oaver de allerleewste Keenigin scheddeld bloßig dem Kopp. Von dem Kerdel wull se nuscht mehr weete.«

Dem Kors had de Keeiser nich tom Äte enjeloade, ook dem Bismarck nich, met denne beeide kunn he seck schlecht verdräge.

Oaver wat es dat fer een oolet Mannke, dat doa emmer en sienem Boart brommelt, keeinem Happe to seck nemmt, alle Oogenbleck söppt on dem Keeiser hookläwe lett?

»Dat es mien leewe Blücher«, säd de Keeiser. »Dem mott eck emmer torickhoale, wenn he äwer dem Rhein riede on dem Franzmann verwalke well.«

verspakter war er geworden. Er nippte der Oma mit dem ungarischen Wein zu und sagte: »In Preußisch-Litauen bin ich auch gewesen. Da leben gute, treue Menschen, bloß einmal haben sie mich im Stich gelassen, als im Siebenjährigen Krieg die Russen eingefallen waren.«

»Davon weiß ich nichts«, sagte die Oma. »Das muß in der Zeit gewesen sein, als der Alte Fritz Gefreiter war.«

Er wollte gern wieder nach Preußisch-Litauen kommen, aber er hatte doch die Gicht an Händen und Füßen, und das Wetter in der litauischen Gegend war gar zu kalt, deshalb blieb er lieber in seinem Sanssouci.

Neben ihm saß der alte Ziethen. Der konnte nicht mehr sprechen, nur noch singen.

»Das Lied von Joachim Hans von Ziethen kennt ihr doch?« fragte uns die Oma. Sie stimmte an, und wir mußten mitsingen, alle sieben Verse.

Auf der anderen Seite der Tafel saß die allerliebste Königin Luise.

»Ich bin auch bei euch gewesen, damals, als der verrückte Korse uns auf die Flucht gejagt hatte«, sagte sie zu der Oma.

Die Oma bedankte sich für die blauen Kornblumen, die die Königin Luise nach Preußisch-Litauen gebracht hatte. Sie fragte auch nach dem Napoleon, aber die allerliebste Königin schüttelte nur den Kopf. Von dem welschen Kerl wollte sie nichts mehr wissen.

Den Korsen hatte der Kaiser nicht zum Essen eingeladen, auch den Bismarck nicht, mit den beiden konnte er sich schlecht vertragen.

De Oma had seck schon dickeduun jejäte on rieklich von dem lostige Wien jedrunke.
Oaver de Keeiser nödigd ehr, mehr to äte: »Ät di man ordentlich satt, bet Rominte es de Wej lang.«
Tom End leed he fer de Oma noch e poar Kloppskes enpacke on e Buddel von dem ungarsche Wien. Dem Wien häd se onderwejens utjesoope on dat Flaschke ut dem Toag jeschmeete.
An disse Stell heerd de Oma op to vertelle. Se hoold e goldenet Tiejemarksteck ut e Fupp on leed et äwer dem Desch kullere.
»Dat häd mi de Keeiser tom Afscheed jeschenkt«, säd se on puusd dat Licht ut. »Goat schloape, Kinderkes, morje vertell eck wieder.«
On dat deed se denn ook, jedem Oawend e nieje Jeschicht. Von eenem Wulf, de bi Elbing op dem Boahndamm stund, ganz gruulig huuld, de Tähn fletschd on dem Toag von Berlin noa Keenigsbarg nich dörchloate wull.
De Hetzer most met dem Koahleschupp rutkruupe on dat Onjeheejer en de Flucht schloage.
Eenmoal wäre alle Mensche em Toag schwart wi de Negerkes. Dat käm von dem Rook ut dem Schorrstien. De Hetzer had verjeete, e Där totomoake, on so käme de schwarte Schwoadens en dem Woage. Dat wäre een Hoste on Pruste. Am näckste Woaterlock bleew de Toag stoahne, on alle rennde rut, seck Jesecht on Händ to woasche.
Op de Rickreeis wär joa ook e grootet Onweeder. Dat Woater had e Brigg wegjereete – wär et nu anne Weich-

Aber was war das für ein alter Mann, der immer in seinen Bart brummelte, keinen Happen zu sich nahm, nur einen Schluck nach dem anderen trank und den Kaiser hochleben ließ?
»Das ist mein lieber Blücher«, sagte der Kaiser. »Den muß ich immer zurückhalten, wenn er über den Rhein reiten und den Franzmann verhauen will.«
Die Oma hatte sich satt gegessen und reichlich von dem lustigen Wein getrunken.
Aber der Kaiser nötigte sie, noch mehr zuzulangen: »Iß dich ordentlich satt, bis Rominten ist es ein weiter Weg.«
Zum Ende ließ er für die Oma noch ein paar Klopse einpacken und gab ihr eine Flasche von dem ungarischen Wein mit. Den Wein hat sie unterwegs ausgetrunken und die Flasche aus dem Zug geworfen.
An dieser Stelle hörte die Oma auf zu erzählen. Sie holte ein goldenes Zehnmarkstück aus der Tasche und ließ es über den Tisch kullern.
»Das hat mir der Kaiser zum Abschied geschenkt«, sagte sie und pustete das Licht aus. »Geht schlafen, Kinder, morgen erzähl' ich weiter.«
Und das tat sie dann auch, jeden Abend eine neue Geschichte. Von einem Wolf, der bei Elbing auf dem Bahndamm stand, ganz graulich heulte, die Zähne fletschte und den Zug von Berlin nach Königsberg nicht durchlassen wollte. Der Heizer mußte mit der Kohlenschaufel rausgehen und das Ungeheuer in die Flucht schlagen.
Einmal waren alle Menschen im Zug schwarz wie die

sel oder anne Oder? An onsrem kleeine Pregel kann et woll nich passeert sent. Ons Ieserboahn kunn nich wiederfoahre. Na, wat sulld nu ware? Se spannde tweelw Peerd vär de Lokomotiv, de toage se dörch dat Woater. On denn ook de Woagens met de Mensche, eenem noa dem anneren. Op de annere Sied wurd de Lokomotiv met de Woagens wedder op de Schiene jesett, on wieder jing de Reeis.
Tom Winter hen vertelld de Oma ook von eenem Schniestorm, de de Ieserboahn enjestiemd had. Alle Passajeere moste utstiege on dem Schnie anne Sied schippe. Spoader, als de Toag langsam wiederklapperd, käm de Kondakter on schenkd jedem e Pillkaller en.
»Joa, Kinderkes, so wär dat met miene Reeis tom dietsche Keeiser«, säd de Oma, wenn wi schloape goahne sullde. »On wenn ju dat nich glöwe wellt, mott ju selwst noa Berlin foahre.«
Se vertelld on vertelld. Wenn se dörch wär, fung se von väre an, wi se dem dietsche Keeiser em Grunewoold jedroppe had. Dat Peerd wurd emmer gröter on schwart wi de Diewel, de Keeiser bekäme e Boart wi e Wiehnachtsmann, on hinder em reed e ganze Schwadron Husoare.
»Wellst wedder moal tom Keeiser foahre?« froagd wi de Oma.
»Ach, loat man, de Keeiser ward joa boald to ons noa Rominte koame.«
Se häd noch e poar Joahr jeluuerd, oaver de Keeiser käm nich. Als se heerd, dat he noa Holland afjehaue

Neger. Das kam von dem Rauch aus der Lokomotive. Der Heizer hatte vergessen, eine Tür zu schließen, und so kamen die schwarzen Schwaden in den Wagen. Das war ein Husten und Prusten. Am nächsten Wasserloch blieb der Zug stehen, und alle liefen raus, sich Gesicht und Hände zu waschen.
Auf der Rückreise gab es ein großes Unwetter. Das Wasser hatte eine Brücke weggerissen – war es nun an der Weichsel oder an der Oder? An unserem kleinen Pregel kann es wohl nicht passiert sein. Jedenfalls konnte die Eisenbahn nicht weiterfahren. Was sollte nun werden? Sie spannten zwölf Pferde vor die Lokomotive, die zogen sie durch das Wasser. Danach auch die Wagen mit den Menschen, einen nach dem anderen. Auf der anderen Seite wurde die Lokomotive mit den Wagen wieder auf die Schienen gesetzt, und weiter ging die Reise.
Zum Winter hin erzählte die Oma auch von einem Schneesturm, der die Eisenbahn eingeweht hatte. Alle Passagiere mußten aussteigen und den Schnee zur Seite schippen. Später, als der Zug langsam weiterfuhr, kam der Schaffner und schenkte jedem einen Pillkaller ein.
»Ja, Kinder, so war das mit meiner Reise zum deutschen Kaiser«, sagte die Oma, wenn wir schlafen gehen sollten. »Und wenn ihr das nicht glauben wollt, müßt ihr selbst nach Berlin fahren.«
Sie erzählte und erzählte. Wenn sie durch war, fing sie von vorne an, wie sie den deutschen Kaiser im Grunewald getroffen hatte. Sein Pferd wurde immer größer und sah schwarz aus wie der Teufel, der Kaiser trug

wär, wull se ook nich mehr läwe on storv an eenem Dingsdachmorje. Doa wär et to End met de scheene Jeschichte.

Op de Kursche Nehrung

Eenmoal wull de Voader met de ganze Familie em Damper noa Nidde foahre, doamet de Kinderkes em Sand speele on de Oostsee bekicke kunne. Na joa, dat wär e kleeine Weltreeis. De Dächter moste nieje Kleederkes hebbe, de Jungs schwarte Mötze. Oaver dier durft et nich sien. En Tels wurd biem Kattunrieter e groote Roll Tieg jekofft. Doavon bekäme de Dächter e Kleedke, allet von de selwije Farw. Seewe Marjellkes en eene Farw, dat seej so scheen ut, dat de Mensche op dem Schepp seck omdrellde.

Op dem Damper to äte wär dem Voader to dier. Et wurd Broad mitjenoahme on wat tom Beschmeere, ook

einen Bart wie ein Weihnachtsmann, und hinter ihm ritt eine ganze Schwadron Husaren.
»Willst wieder mal zum Kaiser fahren?« fragten wir die Oma.
»Ach, laß man, der Kaiser wird ja bald zu uns nach Rominten kommen.«
Sie hat noch ein paar Jahre gewartet, aber der Kaiser kam nicht. Als sie hörte, daß er nach Holland abgehauen war, wollte sie auch nicht mehr leben und starb an einem Dienstagmorgen. Da war es zu Ende mit den schönen Geschichten.

Auf der Kurischen Nehrung

Einmal wollte der Vater mit der ganzen Familie nach Nidden fahren, damit die Kinder im Sand spielen und die Ostsee anschauen konnten. Na ja, das war eine kleine Weltreise mit dem Dampfer. Die Töchter mußten neue Kleider haben, die Jungs schwarze Mützen. Aber teuer durfte es nicht sein. In Tilsit wurde beim Textilkaufmann eine Rolle Zeug gekauft. Davon bekamen die Töchter Kleider, jedes von der gleichen Farbe. Sieben Mädchen in hellem Blau, das sah so schön aus, daß die Menschen auf dem Schiff sich umdrehten.
Auf dem Schiff zu essen war dem Vater zu teuer. Es wurde Brot mitgenommen und etwas zum Beschmie-

e Kann met Himbeersaft. De Voader drunk Kurekaffe. Doa huckde nu seewe Marjellkes on twee Jungkes en eene Reehj on hadde doch e beske Angst, wiel dat Schepp hen on her schockeld. De Voader beschmeerd Broade. Wenn he bi dem letzte wär, jing dat von väre los, de erschte hadde schon wedder Hunger. De andere Jäst op dem Schepp, de vorbijinge, tellde ganz luud de seewe jliekfarwije Marjellkes, denn sowat jeew et nich alle Doag to seehne.

Dreei Stunde wöhld wi em Sand op de Kursche Nehrung on bewölterde de nieje Kleedkes. Wi seeje tom erschte Moal dat groote Meer on gruulde ons vär soveel Woater. Fer de Mudder fund wi e poar Steenerkes Bernstien tom Metbringe, doamet se ook wat häd von de groote Reeis noa Nidde. Biem Torickfoahre hebb wi luud jesunge.

»Wat hebbe Se fer e scheenem Kinderchor«, säd e Mannke ut Memel to onsrem Voader on klatschd enne Händ.

Wi de Jissel dammeld wi von dat Schepp, ropp op dem Woage on noa Huus klabastert, bivär de Sinn underjing. Spoader hebb wi ons noch veele Moal vertellt von de wonderboare Reeis noa Nidde.

ren, auch eine Kanne mit Himbeersaft. Der Vater trank Kurenkaffee. Da saßen nun sieben Mädchen und zwei Jungen in einer Reihe und hatten alle ein bißchen Angst, weil das Schiff hin und her schaukelte. Der Vater beschmierte Brote. Wenn er beim letzten war, ging das von vorne los, weil der erste schon wieder Hunger hatte. Die anderen Gäste auf dem Schiff, die vorbeigingen, zählten laut die sieben gleichfarbigen Mädchen, denn so etwas gab es nicht alle Tage zu sehen.
Drei Stunden wühlten wir im Sand auf der Kurischen Nehrung und beschmutzten die neuen Kleider. Wir sahen zum ersten Mal das große Meer und ängstigten uns vor soviel Wasser. Für die Mutter fanden wir ein paar Stücke Bernstein zum Mitbringen, damit sie auch etwas hatte von der Reise nach Nidden. Bei der Rückfahrt haben wir auf dem Dampfer gesungen.
»Was haben Sie für einen schönen Kinderchor«, sagte ein Mann aus Memel zu unserem Vater und klatschte in die Hände.
Wie die Gössel dammelten wir vom Schiff rauf auf den Wagen, um vor Sonnenuntergang nach Hause zu kommen. Später haben wir uns noch viele Male von der wunderbaren Reise nach Nidden erzählt.

Em erschte Krieg

Im ersten Krieg

Kosoaketied

»Wärscht du doabi, als de Kosoake käme, Ulnat?«
»Joa, de joagde met ehre kleeine Peerdkes dörch dat Hoaverföld, schreeje luud Urrä on schneede met dem Säbel de Loft in Stecke.«
»Bi ons reete se Mudders Schaff uteenanner, kickde enne Schuuwloade on klaude Opas Fuppkemässer.«
»Miene Mudder jing jliek vär de Där on jeew de Kosoake e Schluck ut dem Buddel. Dat jefull enne, se sunge een Kosoakeleed on danzde öm dem Bronne.«
»Fer de Kinderkes schloage se Astkes met Pluume vom Boom, de Beenekerv kullerde dörch dem Goarde, on dem Oadebar schoote se vom Dack runder. Schlemmeret es nich passeert.«
»Als se aftoage, nähme se e Pochel met on dem bruune Gockelhoahn. Na joa, ook Kosoake motte äte.«

Vergroawe

Mien Voader vergroaw sien ganzet Jeld em Goarde hinder de Beenekerv.
»Bäter Jeld vergroawe als eenem Mensche«, säd he emmer.

Kosakenzeit

»Warst du dabei, als die Kosaken kamen, Ulnat?«
»Ja, sie jagten auf kleinen Pferden durchs Haferfeld, schrien Urrä und schnitten mit ihren Säbeln die Luft in Stücke.«
»Bei uns rissen sie Mutters Schrank auseinander, blickten in alle Schubladen und stahlen Opas Taschenmesser.«
»Meine Mutter ging ihnen entgegen und gab den Kosaken einen Schluck aus der Buddel. Das gefiel ihnen, sie sangen ein Kosakenlied und tanzten um den Brunnen.«
»Für die Kinder schlugen sie Äste vom Pflaumenbaum, die Bienenkörbe kullerten durch den Garten, und unseren Adebar schossen sie vom Dach. Schlimmeres ist nicht passiert.«
»Als sie abzogen, nahmen sie ein kleines Schwein mit und den braunen Gockelhahn. Auch Kosaken müssen essen.«

Vergraben

Bevor die Russen kamen, vergrub Vater sein ganzes Geld im Garten hinter den Bienenkörben.
»Lieber Geld begraben als einen Menschen«, sagte er.
Die Kosaken banden ihre Pferde an einen Apfelbaum,

De Russe bunde ehre Peerdkes em Goarde an de Beem, de trampelde op dem Jeld on leete ook Appelkes runderkullere.

Als de Kanone donnerde, full eene Kuugel en onsrem Goarde on moakd e deepet Lock an de Stell, wo Voader dat Jeld vergroawe had.

De Voader rennd met siene Schuffel ut dem Huus, noa dem Jeld to seuke, oaver nuscht wär to finde.

»De Diewel häd mien Jeld jehoolt!« schempt he emmer, wenn de Lied seck vom erschte Krieg vertellde.

»Bäter de Kugel häd dien Jeld jedroape, als wenn se ent Huus enjeschloage wär«, säd de Mudder.

Spoader fund onsre Mudder biem Zippelstecke af on to e Jeldsteck met em Bild von onsrem Keeiser. Oaver doa läwd de Voader nich mehr. To jebruuke wär dat Jeld ook nich mehr, wiel enne Inflaschon de Diewel et tom tweeite Moal jehoolt had.

Enne Komsttonn

Als de Russe käme, wär de Schussee schwart von Soldoate. Hier brennd e Hoff on doa brennd e Schien, hinderm Barg donnerde de Kanone, on de Schrapnells flooge dörch dem Appelboom.

Dat Mienke wär alleen op ehrem Hoff met twee kleeine Kinder, dat dredde droachd se em Buuk. Een

da trampelten sie auf dem Geld rum und ließen ihre Pferdeäpfel fallen.
Die Kanonen donnerten Tag und Nacht. Eine Kanonenkugel fiel in unseren Garten und machte ein tiefes Loch an der Stelle, wo Vater das Geld vergraben hatte. Er rannte gleich mit der Schaufel aus dem Haus, nach dem Geld zu suchen, konnte aber nichts finden.
»Der Teufel hat mein Geld geholt!« schimpfte er immer, wenn die Leute später vom ersten Krieg erzählten.
»Sei froh, daß die Kanonenkugel nicht unser Haus getroffen hat«, sagte die Mutter.
Sie war es, die später beim Zwiebelstecken ab und zu ein Geldstück mit dem Bild des Kaisers fand. Aber da lebte Vater nicht mehr. Zu gebrauchen war das alte Geld nicht, weil der Teufel es in der großen Inflation zum zweiten Mal geholt hatte.

In der Sauerkrauttonne

Im August 1914 war die Chaussee schwarz von Soldaten. Hier brannte ein Hof und da eine Scheune, hinter dem Berg donnerten die Kanonen, und Schrapnells flogen durch die Apfelbäume.
Miene war allein auf ihrem Hof mit zwei kleinen Kindern, das dritte trug sie im Leib. Ein alter Knecht lebte

oole Knecht wär noch doa, dem versteckd se enne Komsttonn, doamet de Russe em nich finde.

»Wenn dat Huus brennt, mott ju mi ut dem Tonn rut-hoole«, säd de Knecht.

»Joa, wi loate di nich verbrenne«, säd dat Mienke.

Se nähm ehre Kinder an de Hand on stelld seck vär de Där, de Russe to begreute. De schwarmde ut en alle Stoawe on Schiene, se froagde, op e Mann op dem Hoff es.

»Nee«, säd dat Mienke, »mien Mann es enjetoage on moakt Krieg jegen dem Franzos.«

Een Ruß wull e Lock en de Komsttonn scheete, oaver dat Mienke pracherd em, dat nich to doane. Se bruukt dem Tonn noch em Harwst, suurem Komst entostampe. Doa lachd de Ruß on knalld de Kuugel en dat Dack, dat de Panne man so schepperde.

Et käm ook e Offizeer en dat Huus. Als he de Mienke met de Kinder on dem dicke Buuk so stoahne seej, säd he, de Russe ware keein Fier legge. He häd ook e Fruuke to Huus met eenem dicke Buuk. An de doachd he, als he dat Mienke seej.

So jing dat good ut met Mienke, ehrem Hoff on de Russe. Oaver de Opregung wär to veel jeweese. Dat Kind käm freeh op de Welt, et wär man weenzig kleein on kunn nich lang läwe.

noch bei ihr, den versteckte sie in einer Sauerkrauttonne, damit die Russen ihn nicht fanden.
»Aber wenn das Haus brennt, müßt ihr mich aus der Tonne holen«, bat der Knecht.
»Ja, wir lassen dich nicht verbrennen«, sagte die Miene.
Sie nahm ihre Kinder an die Hand und stellte sich vor die Tür, um die Russen zu empfangen. Die schwärmten aus in alle Stuben, in Ställe und Scheunen. Sie fragten, ob ein Mann auf dem Hof sei.
»Nein«, sagte Miene, »mein Mann ist eingezogen und macht Krieg gegen die Franzosen.«
Ein Russe wollte ein Loch in die Sauerkrauttonne schießen, aber Miene bat ihn, das lieber nicht zu tun. Sie brauche die Tonne im Herbst, um sauren Kohl einzustampfen. Da lachte der Russe und knallte die Kugel ins Dach, daß die Pfannen nur so schepperten.
Es kam auch ein Offizier ins Haus. Als er Miene mit den Kindern und dem dicken Bauch sah, versprach er, die Russen würden kein Feuer legen. Er hatte auch eine Frau zu Hause mit einem Kind im Leib. An die mußte er denken, als er die Miene sah.
So ging es gut aus mit Miene, ihrem Hof und den Russen. Aber die Aufregung war zu groß gewesen. Das Kind kam früh auf die Welt, es war nur winzig klein und konnte nicht lange leben.

De Preiße koame

Als de Preiße käme, wär dat joa ook met Scheete on Donnere verbunde. Wi versteckde ons em Keller. De Wiever funge an to beede, de Hielkinder griende, on de Jungs kickde ut dem Kellerfinster op de Stroat, wo de Krieg värbikäm.

»Ward ju von dat Finster wejgoahne!« schempd de Voader. »Wenn e Kugel dat Glas terdeppert, si ju dood.«

Ons Cäsar, de groote Schäperhund, most dem Krieg buute beläwe. He verkroop seck en siene Bood on säd keein Muckske nich. Dicht bi em wurd e russischer Soldoat von eene Kanonekuugel in Stecke jereete. Arms on Been werbelde dörch de Loft on flooje bet to de Bood von onsrem Cäsar, oaver de Hund häd keein Steckse doavon jefräte.

Em erschte Krieg hebbe se seck joa noch met Bajonette beoast. Als de Russe afjetoage wäre, fund wi oppem Kerkhoff twee doodige Soldoate, eenem Dietsche on eenem Ruß. De Bajonette stockde noch en ehrem Buuk, se leeje dicht bieenanner on kickde seck met groote Ooge an. Dat Blood von denne beeide wär dem Wej runderjeloope bet tom Kerkhoffdoor. Dat wär e schuuriger Anbleck. Ons Kinder hebbe se wegjejoagt, doamet wi äwer dat bloodige Bild nich verschrocke. De beeide wurde tosamme met de Bajonette em Buuk op onsrem Kerkhoff begroawe.

Em Tweeite Weltkrieg hebbe se seck mehr von wiedem ömjebroacht, nich met Bajonette. Oaver dood wäre se ook.

Die Preußen kommen

Als die Preußen zurückkehrten, war das auch mit Schießen und Donnern verbunden. Wir versteckten uns im Keller. Die Frauen fingen an zu beten, die Heulkinder weinten, und die Jungs schauten aus dem Kellerfenster zur Straße, wo der Krieg vorbeizog.

»Werdet ihr mal vom Fenster verschwinden!« schimpfte Vater. »Wenn eine Kugel das Glas zerdeppert, seid ihr tot.«

Unser Cäsar, der große Schäferhund, mußte den Krieg draußen überleben. Er kroch in seine Bude und gab keinen Laut von sich. Ganz in seiner Nähe wurde ein russischer Soldat von einer Kanonenkugel in Stücke gerissen. Arme und Beine wirbelten durch die Luft und flogen bis zu der Hundsbude, aber unser Cäsar hat kein Stück davon gefressen.

Im ersten Krieg haben sie sich mit Bajonetten umgebracht. Als die Russen abgezogen waren, fanden wir auf dem Kirchhof einen Deutschen und einen Russen. Die Bajonette steckten noch in ihrem Bauch, sie lagen beieinander und sahen sich mit großen Augen an. Das Blut war den Weg runtergelaufen bis zum Kirchhofstor. Weil es ein schauriger Anblick war, jagten sie die Kinder weg, damit sie nicht zu sehr erschraken. Der Russe und der Deutsche wurden zusammen mit den Bajonetten im Bauch auf unserem Kirchhof begraben.

Im Zweiten Weltkrieg haben sie sich mehr von weitem umgebracht, nicht mit Bajonetten. Aber tot waren sie auch.

E Huupe Ongleck

Wi wäre dreei Breeder, de alle tom Krieg enjetoage wurde. Eck dreew mi en de Karpate röm, mien Broader Otto wär biem Franzmann en de Jegend von Arras, on Erich, de jingste, towd dörch Kurland.

Noa veer Joahr jing dem Weltkrieg de Puust ut. Am letzte Dach heel de Hauptmann e groote Reed, alle Soldoate moste strammstoahne on toheere. Als he fertig wär, schmetterd he los: »Siene Majestät, de dietsche Keeiser, he läw hook!«

Toerscht wäre de Soldoate mucksmusenstell, oaver denn funge se an luud to singe: »Eck si so geern, so geern doaheeim.«

De Hauptmann heerd seck dat e Wielke an, denn sung he ook met.

Boald käm wi joa noa Huus. Mien öllere Broader häd en Frankreeich so veel Gas jeschluckt, de most schon een Joahr spoader starve. Dem annere Broader kreech de Schwindsucht to packe, on mi hebbe se de halwe Hand afjeschoate, so kunn eck nich rechtig Buuer speele. Joa, jeder von ons broachd e Huupe Ongleck met ut dem Krieg.

Ein Haufen Unglück

Wir waren drei Brüder, die alle in den Krieg ziehen mußten. Ich trieb mich in den Karpaten rum, Otto kämpfte beim Franzmann in der Gegend von Arras, und Erich, der jüngste, tobte durch Kurland.

Nach vier Jahren ging dem Weltkrieg endlich die Puste aus. Am letzten Tag hielt der Hauptmann eine große Rede, alle Soldaten mußten strammstehen und zuhören. Als er fertig war, schmetterte er los: »Seine Majestät, der deutsche Kaiser, er lebe hoch!«

Zuerst waren die Soldaten mucksmäuschenstill, dann fingen sie an zu singen: »Ich bin so gern, so gern daheim.«

Der Hauptmann hörte sich das eine Weile an, dann sang er auch mit.

Bald kamen wir nach Hause. Mein älterer Bruder hatte in Frankreich soviel Gas geschluckt, der mußte schon ein Jahr später sterben. Der andere Bruder bekam die Schwindsucht, und mir hatten sie die halbe Hand abgeschossen, so konnte ich nicht mehr richtig Bauer spielen. Jeder von uns brachte einen Haufen Unglück mit aus dem Krieg.

Versteck di man

Eck wär joa e Jungke von dreetien Joahr, als de Kosoake käme. Eene Week dreewe se seck op onsrem Hoff röm, schloage de Heehner dood on moakde Fier. Eck hebb ehre Peerdkes jefuddert on dem Offizeer de Stewel jeputzt. Als se aftoage, käm de Offizeer to mi on säd in dietsche Sproak: »Versteck di man hinder de Földschien. Wenn wi di nich seehne, bruuk wi di nich metneehme.«

Verstecken

Ich war ein Junge von dreizehn Jahren, als die Kosaken kamen. Eine Woche lang trieben sie sich auf unserem Hof rum, schlugen die Hühner tot und machten Feuer. Ich hab' ihre Pferde gefüttert und dem Offizier die Stiefel geputzt. Als sie abzogen, kam der Offizier zu mir und sagte in deutscher Sprache: »Versteck dich hinter der Feldscheune. Wenn wir dich nicht sehen, brauchen wir dich nicht mitzunehmen.«

Underm Ruß

Unterm Russen

E Patron fer Rex

On denn käm de Krieg ook noa Ostpreiße. De Kanonendonner klapperd emmer doller äwer de Grenz. Oawends käme de Fleejer on moakde Jebruus on Jebromm an dem Hemmel. Se schmeete ook Wiehnachtsbeem, de jeewe so e scheenet Licht. Mängsmoal seej wi ook Fleejer em Fier runderkullere.

Am Sinndach moakd wi e Spoazeerfoahrt över Land, oaver de Noabarsch wäre schon alle jeflicht. Eener noa dem annere wär över Nacht afjehaue, ohne Bescheed to segge. Doa wurd ons dat doch e beske onjemietlich to Moat, on wi funge an to packe. Et käm joa allet nich rut, keeiner säd ons, dat de Ruß vär de Där steiht. Wi sulle keeine Angst hebbe, wurd emmer jereed, de Feind ward opjehoale. On wi gloowte dat ook.

Am Oawend hebb wi noch de Keech gefuddert on de Däre opgesparrt, doamet se rutkönne on nich verhungere mötte. Wer ward de Keech melke? Schwien on Heehner leepe em Goarde röm, de kickde ons verhubbert an. Wat moak wi met onsrem Rex? Eck froagd eenem Soldoat, de värbikäm op dem Ricktoag, he sull dem Hund doodscheete. »Nee«, säd he, »fer e Hund hebb wi keeine Patrone mehr.«

Wi leete em vonne Keed. He huckd seck under dem Woage on kickd ons truurig an.

»Wenn wellst, kannst metkoame«, säd eck to dem Rex, »bet wi eenem finde, de e Patron fer di äwrig häd.«

Et wär Schnie on Ies op de Stroate, keein Mensch häd bi dissem Weeder e Hund vär de Där gejoagd. Oaver

Eine Patrone für Rex

Dann kam der Krieg nach Ostpreußen. Der Kanonendonner klapperte schon über die Grenze. Abends erschienen Flieger und machten Gebrause und Gebrumm am Himmel. Sie warfen auch Weihnachtsbäume, die gaben ein schönes Licht. Manchmal sahen wir auch Flieger brennend runterfallen.
Am Sonntag machten wir noch eine Spazierfahrt über Land, aber die Nachbarn waren schon alle geflüchtet. Einer nach dem anderen hatte sich über Nacht davongemacht, ohne Bescheid zu sagen. Da wurde es uns doch ein bißchen unheimlich zumute, und wir fingen an zu packen. Es kam ja alles nicht ans Tageslicht, keiner sagte uns, daß der Russe schon vor der Tür stand. Wir sollten keine Angst haben, hieß es, der Feind würde aufgehalten werden. Und wir glaubten das auch.
Am Abend fütterten wir noch die Kühe und sperrten die Türen auf, damit sie rauskonnten und nicht verhungern mußten. Wer wird die Kühe melken? Schweine und Hühner liefen im Garten rum und guckten uns verstört an. Was soll mit unserem Rex werden? Ich fragte einen Soldaten, der auf dem Rückzug vorbeikam, ob er den Hund nicht totschießen könne. »Nein«, sagte er, »für einen Hund haben wir keine Patrone übrig.«
Wir ließen Rex von der Kette. Er setzte sich unter den Wagen und schaute uns traurig an.
»Wenn du willst, kannst mitkommen«, sagte ich zu ihm, »bis wir einen finden, der eine Patrone übrig hat.«

wi moste foahre. De Rex rennd emmer hinder dem Woage her, bet he kranke Feet kreech on nich mehr loope kunn. En de Nacht, bivär wi över dat Haff jinge, leeg he under dem Woage on huuld ganz gruuselig. Da käm denn doch e Soldoat värbi on had e Patron fer onsrem Rex äwrig.

Emmer Rechtung Dietschland

Wi hadde joa bloßig Peerdkes on Woagens, on de Schnie leeg bet to dem Dackrenn.

»Bi so nem Weeder kann et keeinem Krieg jeewe«, säd ons Grootvoader.

»Du denkst, de Krieg kömmt wi doamoals op Peerdkes anjereede«, säd siene Dochter Erna. »Dittmoal häd he Kanone on Panzer, wenn dat nich hölpt, kömmt he met Fleejers.«

Oawends käm de Berjermeeister on säd, wie motte op de Flucht goahne, morje kömmt de Ruß.

»Dat Weeder es nich noa miene Mötz«, meend de Grootvoader. »Doa sull foahre, wer well. Eck bliew to Huus.«

»Oaver de Dochter on de Kinderkes motte foahre«, säd de Berjermeeister.

Es war Schnee und Eis auf der Straße, kein Mensch hätte bei diesem Wetter einen Hund vor die Tür gejagt. Aber wir mußten fahren. Rex rannte hinter dem Wagen her, bis er kranke Füße bekam und nicht mehr laufen konnte. In der Nacht, bevor wir über das Haff gingen, lag er unter dem Wagen und heulte so jämmerlich. Da kam denn doch ein Soldat vorbei und hatte eine Patrone für unseren Rex übrig.

Immer Richtung Deutschland

Wir hatten nur Pferd und Wagen, und der Schnee lag bis zur Dachrinne.
»Bei so einem Wetter kann es keinen Krieg geben«, sagte unser Großvater.
»Du denkst, der Krieg kommt wie damals auf Pferden angeritten«, antwortete seine Tochter Erna. »Diesmal hat er Kanonen und Panzer, und wenn das nicht hilft, kommt er mit Fliegern.«
Abends kam der Bürgermeister und sagte, wir müßten auf die Flucht gehen, morgen komme der Russe.
»Das Wetter ist nicht nach meiner Mütze«, meinte der Großvater. »Soll fahren, wer will, ich bleib' zu Hause.«
»Aber die Tochter und die Kinder müssen fahren«, befahl der Bürgermeister.
Der Großvater half noch, die Pferde anzuspannen und

De Grootvoader holp noch, de Peerd antospanne on dem Woage to beloade. Denn jeew he siene Enkel e Butsch on säd to siene Dochter, se sull emmer Rechtung Dietschland foahre. He stelld seck op dem Hoff on steckd siene Piep an. De Woage klabasterd op de Stroat ent Schniejestöwer, emmer Rechtung Dietschland.
Onsrem Grootvoader hebb wi nich wedder jeseehne. Ook dat Huus wär nich doa, als de Erna met ehre grootjewassene Kinder von Dietschland noa Ostpreiße foahr, om to seehne, wat äwrigjebleewe wär.

Muuskestell

»Eck bliew to Huus«, säd de Mann.
»Eck ook«, säd de Fruu. »Wi hebbe keeinem wat jedoahne, woaröm sulle se ons wat doahne?«
»De Hund blefft ook to Huus«, säd de Mann.
»On mien Koater ook«, säd de Fruu.
»Eener mott bi de Deere bliewe«, säd de Mann.
»Joa, de Deere verlange noa Fudder, on de Keech motte jemolke ware«, säd de Fruu.
Enne Nacht heerde se dat Donnere von de Kanone. Em Morjegruue foahrde de annere op de Flucht.
»Wi bliewe hier«, säd de Mann.
»Joa, wi bliewe hier«, säd de Fruu.
E Stundke spoader käme de erschte Russe op dem Hoff.

den Wagen zu beladen. Dann gab er seinen Enkeln einen Butsch und sagte zu seiner Tochter, sie solle immer Richtung Deutschland fahren. Er stellte sich auf den Hof und steckte eine Pfeife an und sah zu, wie der Wagen auf die Straße klabasterte, ins Schneegestöber hinein, immer Richtung Deutschland.
Den Großvater haben wir nicht wiedergesehen. Auch das Haus war verschwunden, als die Erna mit ihren erwachsenen Kindern von Deutschland nach Ostpreußen fuhr, um zu sehen, ob noch was übriggeblieben war.

Totenstille

»Ich bleibe zu Hause«, sagte der Mann.
»Ich auch«, sagte die Frau. »Wir haben keinem was getan, warum sollen sie uns was tun?«
»Der Hund bleibt auch zu Hause«, sagte der Mann.
»Und meine Katze auch«, sagte die Frau.
»Einer muß bei den Tieren bleiben«, sagte der Mann.
»Ja, die Tiere verlangen nach Futter, und die Kühe müssen gemolken werden«, sagte die Frau.
In der Nacht hörten sie das Donnern der Kanonen. Im Morgengrauen machten sich die anderen auf den Weg.
»Wir bleiben hier«, sagte der Mann.
»Ja, wir bleiben hier«, sagte die Frau.
Eine Stunde später kamen die ersten Russen auf den

De ballerde en de Loft on terdepperde dat Finsterglas. Dem Mann scheckte se ut dat Huus, he sull enne Stall goahne. Als he de Där tom Peerdstall schon enne Hand had, schoote se em en dem Rick.
De Fruu käm vär de Där jeloope, schloag de Handkes över dem Kopp tosamme on griend on krieschd. Doa schoote se ehr ook dood.
Nu belld de Hund wi verreckt. Doa schoote se em ook dood.
Dem erschte Dach wäre de Deere stell. Am tweeite funge de Keech an to brelle, de Peerd wieherte on de Schwien krieschte. Oaver keeiner wär doa, se to heere. Am dredde Dach wurd dat Jeschrie e beske wenjer, am veerde Dach wär et muuskestell op dem Hoff.
Bloßig de Koater bleew läwe. He wär under de Ookel jekroope on had seck dat Ongleck von boave anjekickt. Joa, so wat es värjekoame en dissem Krieg.

Över dat Ies

Na joa, denn sent wi över dat Ies jefoahre. Wi moste hindereenanner över dat Haff goahne, et wär joa bloßig e schmoale Reehj to foahre. De wär met Woater utjegoate, doamet dat Ies dick freert. Wi heerde joa schon dat Woater an de Siede gluckere.
Hinder mi foahr e Gootsherrenfruu met ehre Kalesch.

Hof. Sie ballerten in die Luft und zerdepperten das Fensterglas. Den Mann schickten sie aus dem Haus, er solle in den Stall gehen. Als er die Tür zum Pferdestall schon in der Hand hatte, schossen sie ihm in den Rükken.
Die Frau kam vor die Tür gelaufen, schlug die Hände über dem Kopf zusammen, weinte und jammerte. Da schossen sie sie auch tot.
Nun bellte der Hund wie verrückt. Da schossen sie ihn auch tot.
Am ersten Tag waren die Tiere still. Am zweiten fingen die Kühe an zu brüllen, die Pferde wieherten und die Schweine kreischten. Aber keiner war da, sie zu hören. Am dritten Tag wurde das Geschrei schon ein bißchen weniger, am vierten Tag war es totenstill auf dem Hof. Nur die Katze blieb leben. Sie war unter das Dach gekrochen und hatte sich das Unglück von oben angesehen.

Über das Eis

Na ja, schließlich mußten wir über das Eis fahren. Immer hintereinander über das Haff, es war ja nur eine schmale Reihe befahrbar. Die hatten sie mit Wasser ausgegossen, damit das Eis dick fror. Wir hörten ja schon das Wasser an den Seiten gluckern.
Hinter uns fuhr eine Gutsherrenfrau mit ihrer Kale-

Eck säd: »Passe Se bloßig op, dat keeiner värbijoagt, sonst jefft dat e Ongleck.«

To jeene Tied had eck noch dem Fretzke, mienem jüngste Sehn, bi mi. Eck säd to em: »Fretz, du foahrscht toerscht, on eck go hinder dem Woage.«

Wi wäre kort vär dat Land, doa käm eeiner em Schwiensgalopp on wull de erschte sien op de Nehrung. Eck schreej noch, he sull wachte, oaver he joagd met Peerd on Woage en e Wuuhn. Erscht schwomm de Woage joa mang de Iesscholle. Twee Kinderkes käme hinde rutjekroope on rollde seck op alle veere över dat Ies. Denn soop de Woage af. De Peerdkes, de joa festjebunde wäre an dat Jescherr, strampelde noch e Wielke on schreeje, bet ook se em Woater verschwunde wäre. »Foahr wieder!« säd eck to mienem Fretz. »Wenn wi hier stoahne bliewe, mott wi alle undergoahne.«

Am meeiste hebbe mi de Peerdkes leed jedoahne, et wäre twee schwarte met e witte Bleß op de Näs.

Endlich käm wi on dat End von dem Haff. Oaver wat es dat? De Nehrung wär e Sandbarg, hook wi e Schienedack. Wer sull doa roppkoame?

»Komm, Fretzke, wi goahne so breeid, wi de Peerd goahne, on moake e Spoor dem stiele Barg ropp, doamet de Peerd keeine Angst krieje.«

Da wi wußde, wie schwoar de Peerd et hadde, hebb wi se värher emmer good jefuddert on jedränkt. Wenn de e goode Moahltied kreeje, wußde se Bescheed: Nu geiht et los.

»Jeff enne dem letzte Hoaver to fräte«, säd eck to dem Fretz.

sche. Ich sagte: »Passen Sie nur auf, gnädige Frau, daß keiner vorbeijagt, sonst gibt es ein Unglück.«
Zu jener Zeit hatte ich noch den Fritz bei mir, meinen jüngsten Sohn. Ich sagte ihm: »Fritz, du fährst vorweg, und ich geh' hinter dem Wagen.«
Wir waren kurz vor dem Land, da kam einer im Schweinsgalopp und wollte der erste auf der Nehrung sein. Ich schrie noch, er soll warten, aber er jagte mit Pferd und Wagen in ein Eisloch. Erst schwamm der Wagen ja noch zwischen den Eisschollen. Zwei Kinder kamen hinten rausgekrochen und rollten sich auf allen vieren über das Eis. Dann ging der Wagen unter. Die Pferde, die ja festgebunden waren an das Geschirr, strampelten noch eine Weile und schrien, bis auch sie im Wasser verschwunden waren.
»Fahr weiter!« sagte ich zu meinem Fritz. »Wenn wir hier stehen bleiben, müssen wir alle untergehen.«
Am meisten haben mir die Pferde leid getan, es waren zwei schöne Rappen mit einer weißen Blesse auf der Nase.
Endlich kamen wir an das Ende des Wassers. Aber was war das? Die Nehrung ein Sandberg, hoch wie ein Scheunendach. Wer sollte da raufkommen?
»Komm, Fritz, wir gehen so breit, wie die Pferde gehen, und machen eine Spur den steilen Berg rauf, damit die Pferde keine Angst haben.«
Da wir wußten, wie schwer es die Pferde hatten, haben wir sie immer gut gefüttert und getränkt. Wenn die eine gute Mahlzeit bekamen, wußten sie schon Bescheid: Nun geht es los.

Denn hebb eck met de Peerd jesproake.

»Ward ju da roppteehne? Wi goahne met ju tosamme. Eck pack ju anne Kopp on de Fretz ook.«

Erscht most wi noch de Hermine utloade. De leeg met Feever em Woage on wär to schwoar fer de Peerd. Wi leede se en dem Schnie on säde: »Wenn wi boave sent, koam wi di afhoole.«

Joa, on denn jing dat los.

»Koamt man met«, säd eck to de Peerdkes. De toage dem Woage dem Barg ropp, on als wi boave wäre, hebb eck jedem e Butsch op de Näs jegeewe. Denn schleppd wi noch de Hermine dem Barg hook on packde se en dat Bedd.

»Wat moak ju bloßig fer Schoabernack met mi«, säd se, on denn es se enjeschloape.

Wi foahrde de Nehrung runder bet to de Weichsel. Doa wurd wi met e groote Fähr räwerjesett. Över Nacht käme Soldoate on säde: »Loat alles stoahne on ligge, et geiht dat letzte Schepp noa Westen!«

De Peerd most wi ook torickloate. De wäre anjebunde an eenem Boom, se schorrde met de Feet on wulle emmer metkoame. Da bund eck se los. Veelicht erbaarmt seck noch eener on nemmt de oarme Deere met, doachd eck. Wat ut ons Peerd jeworde es, de ons so trie över de Nehrung jetoage hebbe, weet eck nich. Et deit mi emmer noch leeid, doaran to denke.

Vär dem Schepp hebbe se mi noch dat Fretzke wegjenoahme. De wär noch keeine achttien Joahr oalt, oaver de Soldoate säde: »Fruuke, Se hebbe keein Peerd on Woage mehr, denn bruuke Se ook keeinem

»Gib ihnen den letzten Hafer zu fressen«, sagte ich zu meinem Fritz.
Ich hab' noch mit den Pferden gesprochen.
»Werdet ihr uns da raufziehen? Wir gehen mit euch. Ich pack' euch am Kopf und der Fritz auch.«
Vorher mußten wir noch die Hermine ausladen. Die lag mit Fieber im Wagen und war zu schwer für die Pferde. Wir legten sie in den Schnee und sagten: »Wenn wir oben sind, holen wir dich.«
Ja, und dann ging es los.
»Kommt man mit«, sagte ich zu den Pferdchen. Sie zogen den Wagen den Berg rauf, und als wir oben waren, hab' ich jedem einen Kuß auf die Nase gegeben. Dann trugen wir noch die Hermine den Berg rauf und packten sie in das Bett.
»Was macht ihr bloß für einen Schabernack mit mir«, sagte sie, bevor sie eingeschlafen ist.
Wir fuhren die Nehrung runter bis zur Weichsel. Eine große Fähre setzte uns über den Fluß. Über Nacht kamen Soldaten und sagten: »Laßt alles stehen und liegen, es geht das letzte Schiff nach Westen!«
Die Pferde mußten wir zurücklassen. Die standen angebunden im Garten, sie scharrten mit den Hufen und wollten mitkommen. Da band ich sie los. Vielleicht erbarmt sich doch noch einer und nimmt die armen Tiere mit, dachte ich. Was aus unseren Pferden geworden ist, die uns so treu über die Nehrung gezogen haben, weiß ich nicht. Es tut mir immer noch leid, daran zu denken.
Vor dem Schiff haben sie mir noch den Fritz weggenommen. Der war noch keine achtzehn Jahre alt, aber

Kutscher. De Jung kann noch helpe, dem Krieg to jewenne.«

Siet jenne Tied hebb eck dem Fretzke nich mehr jeseehne. He sull vermißt sien en de Danziger Jegend. E kleeinet Schepp broachd ons noa Hela. Doa wurd wi op e grootet Schepp verloade, dat jing över Nacht noa Westen. E poarmoal wurd wi beschoate, dat Schepp schockeld dichtig, oaver jedroape wurd wi nich.

En Warnemünd käm wi an Land. Ren en eenem Toag, de ons noa Lübeck bringe sullt. Wiel de Fleejer ons beoaste, foahr de Toag em Woold hen on her, on wi moste ent Jebüsch renne. Als wi en Lübeck ankäme, wäre doa schon wedder Fleejers on schmeete allet vom Hemmel, wat se hädde. Oaver doanoa wär et ruhig, et jing joa ook boald de Krieg to End.

Dat es nu äwrigjebleewe: Eck hebb e bruune Handtasch on e Pelzmötz metjebroacht. Dem Fretzke hebbe se afjehoolt, de Hermine had so lang Feever, bet se nich mehr läwe kunn. De Hannke es mi noch jebleewe on miene Jüngste, de Huschke. De beeide geiht et good. Veer Peerd on twee Woagens häd de Diewel jehoolt, dem Hoff hebbe annere, on dat scheene Land es Kruut on Reewe. Wi hucke als Flichtlinge en annere Lied Stoawe on kicke ut dem Finster. Oaver dat Läwe geiht joa wieder.

die Soldaten sagten: »Liebe Frau, Sie haben kein Pferd und Wagen mehr, dann brauchen Sie auch keinen Kutscher. Der Junge kann noch helfen, den Krieg zu gewinnen.«
Seit jener Zeit habe ich den Fritz nicht mehr gesehen. Er soll vermißt sein in der Danziger Gegend.
Ein kleines Schiff brachte uns nach Hela. Da wurden wir auf ein großes Schiff verladen, das ging über Nacht ab Richtung Westen. Ein paarmal wurden wir beschossen, das Schiff schaukelte tüchtig, aber getroffen wurden wir nicht.
In Warnemünde gingen wir an Land. Schnell in einen Zug, der uns nach Lübeck bringen sollte. Weil die Flieger uns beharkten, fuhr der Zug im Wald hin und her, wir mußten ins Gebüsch laufen. Als wir in Lübeck ankamen, waren schon wieder Flieger da und schmissen alles vom Himmel, was sie hatten. Danach wurde es ruhig, der Krieg ging ja auch bald zu Ende.
Was ist nun übriggeblieben? Ich hab' eine braune Handtasche und eine Pelzmütze mitgebracht. Den Fritz haben sie abgeholt, die Hermine hatte so lange Fieber, bis sie nicht mehr leben mochte. Die Hanna ist mir noch geblieben und meine Jüngste, die Huschke. Den beiden geht es gut. Vier Pferde und zwei Wagen hat der Teufel geholt, den Hof haben andere, und das schöne Land ist Kraut und Rüben. Wir sitzen als Flüchtlinge in anderer Leute Stuben und schauen aus dem Fenster. Aber das Leben geht ja weiter.

Onderwejens jeboare, onderwejens jestorve

Dat es de Jeschicht vom Franzke Balzereit ut Schippenbeeil on siene Fruu Johannke. De Franz had lange Tied keeine Fruu nich on wär met siene oole Mudder alleen up dem Buurehoff. Eenet Doags säd de Mudder to dem Franzke: »Eck war joa emmer öller. Met wem wellst du wertschafte, wenn eck dood ben?«
Doa ging de Franz över Land, seck e Fruu to seuke. Am dredde Dach fund he eene, dat Johannke ut Marjedoal. De wär ook schon e beske öller, oaver se kreeje noch veer Kinderkes, eenet scheener als dat annere.
Als de Krieg noa Ostpreiße käm, toage se dem Franzke erscht tom Schippe an de Grenz on, denn tom Volksstorm. De Johannke most met de Kinderkes on Peerd on Woagen alleen op de Flucht goahne. Op halwem Wej wurd dat femfte Kind jeboare, dem jeew se dem Noame Engelmannke. De Johannke häd oaver keeine Melk nich, so most dat niejeboarene Worm verhungere. De Mudder verscharrt et em Sand op de Nehrung on freeid seck, met de annere veer Kinder ent Riek to koame. De Kinder läwe alle noch, sent groot on stark jeworde on hebbe dichtig wat jeleehrt. De Franz Balzereit oaver es von sienem Volksstorm emmer noch nich torickjekoame.

Unterwegs geboren, unterwegs gestorben

Das ist die Geschichte vom Franz Balzereit aus Schippenbeil und seiner Frau Johanna. Der Franz hatte lange Zeit keine Frau gehabt und mit seiner Mutter allein auf dem Bauernhof gewirtschaftet. Eines Tages sagte die Mutter: »Ich werde ja immer älter. Mit wem willst du wirtschaften, wenn ich tot bin?«

Da ging der Franz über Land, sich eine Frau zu suchen. Am dritten Tag fand er eine, die Johanna aus Marienthal. Die war auch schon ein bißchen älter, aber sie kriegten noch vier Kinder, eines schöner als das andere.

Als der Krieg nach Ostpreußen kam, zogen sie den Franz zuerst zum Schippen an die Grenze ein, dann zum Volkssturm. Die Johanna mußte mit den Kindern und Pferd und Wagen allein auf die Flucht gehen. Auf halbem Wege wurde das fünfte Kind geboren, dem gab sie den Namen Engelmann. Die Johanna hatte aber keine Milch, so mußte das neugeborene Wurm verhungern. Die Mutter verscharrte es im Sand auf der Nehrung und freute sich, mit den anderen vier Kindern heil ins Reich zu kommen. Die Kinder leben alle noch, sind groß und stark geworden und haben tüchtig was gelernt. Der Franz Balzereit aber ist von seinem Volkssturm immer noch nicht zurückgekommen.

De Krieg es ut

Erjendwann most joa ook de Tweeite Weltkrieg to een End koame. Dat jeschach en de erschte Maidoage, als wi poar Fruuens, de äwrigjebleewe wäre en onsrem Derp, bi dem russische Kommandante op dem Gootshoff oarbeeidede. Wi eeggte e Feld, wo Garscht enjeseejt ware sulld. Op eenmoal käme veele Russe rein wi verreckt anjerennt. Se ballerde op Diewel kum rut enne Loft on brellde luud, als wäre se alle besoape. Vär Angst hebb wi ons ent Jebisch jeschmeete. Als se wej wäre, sent wi torick op dem Gootshoff jegange. Doa käm ons de Kommandantefruu entjegen on säd: »De Krieg es ut! Jun Hitler es dood.« Se säd noch, wi sullde am Noameddach to Huus bliewe on nich oppe Stroat goahne.

»De Soldoate sent ganz verreckt. Kann sent, dat se ju vär Freeid doodscheete. Bliewt man leewer to Huus.«

Noa Huus

Als et nu värbi wär, leej eck en Pommern op e Wäs on doachd so bi mi:

Wenn keein Krieg mehr es, kannst joa ook noa Huus goahne. Doa häst e warmet Stoawke, e poar Deere ware ook äwrigjebleewe sent, on dat Koorn, dat em

Der Krieg ist aus

Irgendwann mußte ja auch der Zweite Weltkrieg zu Ende gehen. Das geschah in den ersten Maitagen, als wir paar Frauen, die übriggeblieben waren aus unserem Dorf, bei dem russischen Kommandanten auf dem Gutshof arbeiteten. Wir eggten ein Feld, das mit Gerste eingesät werden sollte. Auf einmal kamen viele Russen aufs Feld gerannt. Sie ballerten auf Teufel komm raus in die Luft und brüllten laut, als wären sie alle betrunken. Vor Angst haben wir uns ins Gebüsch geschmissen. Als sie weg waren, sind wir zurück auf den Gutshof gegangen. Da kam uns die Kommandantenfrau entgegen und sagte: »Der Krieg ist aus! Euer Hitler ist tot.« Sie meinte noch, wir sollten am Nachmittag zu Hause bleiben und nicht auf die Straße gehen.

»Die Soldaten sind ganz verrückt. Es könnte sein, daß sie euch vor Freude totschießen. Bleibt man lieber zu Hause.«

Nach Hause

Als es nun vorbei war, lag ich in Pommern auf einer Wiese und dachte so bei mir:

Wenn kein Krieg mehr ist, kannst du ja auch nach Hause gehen. Da hast du eine warme Stube, ein paar Tiere werden wohl übriggeblieben sein, und das Korn,

Harwst jeseejt wurd, es en de Tweschentied jewosse. So bruukst nich to hungere.
Peerd on Woage had eck nich, oaver eck wär good to Foot, dreeihundert Kilometerkes bet to miene Huusdär ware de Stewel woll uthoale.
So marscheerd eck los bi scheenem Weeder met wieder nuscht als e Rucksack oppem Rick. De meeiste Tied jing eck över de Földer on dörch dem Woold, de groote Stroate wull eck nich marscheere, wiel doa allerhand Kropptieg onderwejens wär on eck mi nich beklaue loate wull. Wenn e Stadt käm, moakd eck e Omwej. De Weichsel ben eck im Diestern dörchschwomme op eenem groote Steck Holt. Äte on Drinke jeew et joa en Gottkes Goarde, on jeschloape hebb eck en verloatene Hieser.
Wi ward dat sien to Huus? doachd eck so mängsmoal. Keeiner ward enne Där stoahne, di to begreute, nich eenmoal de Hund. Een poar Duuvkes ware op dem Dack hucke, on em Goarde ware de Karnickel römhoppse. Oaver eck weet, wo de Kartoffel vont värije Joahr ligge, ook kann eck utgroawe, wat eck under dem Pluumeboom verbuddelt häw. Dat sull helpe fer dem Anfang.
Je neejer eck käm, desto banglicher wurd mi to Moat. Veele Hieser wäre afjebrennt. Keein Peerdswoage foahr op de Schussee. Op de Wäse stund dat Gras kneehoch, keeine Keech wäre doa, et aftofräte. Deestel on Brennnettel wäre hookjeschoote, et bleehjde keeine Bloomkes. Na joa, Kersche on Äppel hebb eck mi jenoahme ut fremde Goardens.
Tieje Doag wär eck onderwejens. Von wiedem seej dat

das im Herbst gesät wurde, ist in der Zwischenzeit gewachsen. So brauchst du nicht zu hungern.
Pferd und Wagen hatte ich nicht, aber ich war gut zu Fuß, die dreihundert Kilometer bis zu meiner Haustür würden die Stiefel wohl aushalten.
So marschierte ich los bei schönem Wetter mit weiter nichts als einem Rucksack auf dem Rücken. Meistens ging ich über die Felder und durch den Wald, auf den großen Straßen wollte ich nicht marschieren, weil da allerhand Gesindel unterwegs war und ich mich nicht bestehlen lassen wollte. Wenn eine Stadt kam, machte ich einen Umweg. Die Weichsel habe ich im Dunkeln durchschwommen auf einem großen Holzstamm. Essen und Trinken gab es in Gottes Garten, und geschlafen habe ich in verlassenen Häusern.
Wie wird es sein zu Hause? dachte ich so manches Mal. Keiner wird in der Tür stehen, dich zu begrüßen, nicht einmal der Hund. Ein paar Tauben werden auf dem Dach sitzen, und im Garten werden die Karnickel rumspringen. Aber ich weiß, wo die Kartoffeln vom letzten Jahr liegen, auch kann ich ausgraben, was ich unter dem Pflaumenbaum versteckt habe. Das wird helfen für den Anfang.
Je näher ich kam, desto ängstlicher wurde ich. Viele Häuser waren abgebrannt. Keine Pferdewagen fuhren auf der Chaussee. Auf der Wiese stand das Gras kniehoch, es fehlten Kühe, es abzufressen. Diestel und Brennessel waren hochgeschossen, es blühten keine Blumen. Ein paar Kirschen und Äpfel habe ich mir genommen aus fremden Gärten.

Derp ganz maneerlich ut, de roode Dackpanne op de Hieser, de Windmähl met ehre Flochte wunkte mi to. Et wunderd mi bloßig, dat de Schorrstienkes nich reekerte.
Jegen Oawend käm eck an on fund keeinem Mensche. De Hieser stunde ohne Däre, dat Finsterglas leej en Scharwe. Et wäre ook keeine Kattkes on Hundkes doa, et piepte keeine Voagelkes, on de Oadebar wär ook nich torickjekoame.
Nee, so had eck mi dat Noahuuskoame nich värjestellt. Et wär so gruulich, eck huckd op dem Schwell von mienem Huus on leed de Troankes kullere. Nu best du so wied jeloope on doch nich to Huus, doachd eck bi mi. Von de Deere fund eck bloßig Knoakes römligge, de Kist under dem Pluumeboom hadde annere utjegroawe. De Kartoffel wäre verfuult, dat Koorn leej flach on verschemmeld op dem Halm. Jeschloape hebb eck enne Schien op nattem Stroh. Et stuunk forchtboar op mienem Hoff.
Am Morje heerd eck e Stemm schriee: »Hallo, ist da jemand?«
Op de Stroat stund e Mann, de had seck en e oole Militärmantel jeweckelt. Op dem Kopp had he e schwartet Mötzke, on de Stewel wäre so full Läker, doa kunne seewe Katte keeine Muus fange.
»Wo kömmst du her?« froagd eck em.
»Eck ben ut Kriegsjefangenschaft wegjeloape. To Huus ben eck e Derp wieder, oaver miene Lene es nich doa, ook de Kinderkes sent nich to Huus, on de Oma es utjewandert. Wo sent se bloßig jebleewe?«

Zehn Tage wanderte ich nach Ostpreußen. Von weitem sah das Dorf schön aus, die roten Dachpfannen auf den Häusern, die Windmühle mit ihren Flügeln winkte mir zu. Ich wunderte mich nur, daß die Schornsteine keinen Rauch von sich gaben.
Gegen Abend kam ich an und fand keinen Menschen. Die Häuser standen ohne Türen, das Fensterglas lag in Scherben. Ich sah auch keine Katzen und Hunde im Dorf, nicht einmal Vögel sangen, und der Adebar war auch nicht zurückgekehrt.
Nein, so hatte ich mir das Nachhausekommen nicht vorgestellt. Ich war so traurig, daß ich mich auf die Schwelle meines Hauses setzte und die Tränen kullern ließ. Nun bist du so weit gelaufen und doch nicht zu Hause angekommen, dachte ich bei mir. Von den Tieren fand ich nur Knochen rumliegen, die Kiste unter dem Pflaumenbaum hatten andere ausgegraben. Die Kartoffeln waren verfault, das Korn lag flach und verschimmelte auf dem Halm. Geschlafen habe ich in der Scheune auf nassem Stroh. Es stank furchtbar auf unserem Hof. Am Morgen hörte ich eine Stimme: »Hallo, ist da jemand?«
Auf der Straße stand ein Mann, der hatte sich in einen alten Militärmantel gewickelt. Auf dem Kopf trug er eine schwarze Mütze, und die Stiefel waren so voller Löcher, da konnten sieben Katzen keine Maus drin fangen.
»Wo kommst du her?« fragte ich ihn.
»Ich bin aus Kriegsgefangenschaft weggelaufen. Zu Hause bin ich ein Dorf weiter, aber meine Lene ist

»So geiht mi dat ook«, säd eck. »Du beest von Rußland noa Huus marscheert, eck käm von Dietschland noa Huus, jefunde hebb wi beeide nuscht.«
Wi huckde noch e Wielke tosamme on vertellde över freehjere Tiede. Denn sent wi losjewandert to jenne Jegend, wo von Dietschland noch wat äwrigjebleewe sien sull.

Noa Rußland

Wi Fruuens hadde joa noch e Reeis noa Rußland vär ons. De Krieg wär to End, on jeder doachd, nu ware de Mensche en Freede läwe könne. Oaver fer ons had de Krieg noch e Noaschroabsel paroat. An eenem scheene Maidach joagde se alle Fruuens ut dem Derp tosamme on dreewe ons noa Boartestien. Doa huckd wi e poar Doag em Jefängnes, on denn jing et wieder op Lastwoagens noa Ensterborg. Ook doa fund seck e Jefängnes fer ons Fruuens.
»Wat hebb wi verbroake, dat ju ons ensparrt?« froagd wi de Dolmetscherin.
»Nuscht verbroake«, säd de Fruu. »Oaver de dietsche Fruuens motte opbuue, wat de dietsche Männer en Rußland kaputtjemoakt hebbe.«

nicht da, auch die Kinder sind nicht zu Hause, und die Oma ist ausgewandert. Wo sind sie bloß geblieben?«
»So geht es mir auch«, sagte ich. »Du bist von Rußland nach Hause marschiert, ich kam von Deutschland nach Hause, gefunden haben wir beide nichts.«
Wir saßen noch eine Weile zusammen und erzählten uns von früheren Zeiten. Dann sind wir losgewandert zu jener Gegend, wo von Deutschland noch etwas übriggeblieben sein soll.

Nach Rußland

Wir Frauen hatten ja noch eine Reise nach Rußland vor uns. Der Krieg war zu Ende, und jeder dachte, nun werden die Menschen in Frieden leben können. Aber für uns gab es noch ein Nachspiel. An einem schönen Tag im Mai jagten sie alle Frauen aus dem Dorf zusammen und trieben uns nach Bartenstein. Da saßen wir ein paar Tage im Gefängnis, von dort ging es weiter auf Lastwagen nach Insterburg. Auch da fand sich ein Gefängnis für uns Frauen.
»Was haben wir verbrochen, daß ihr uns einsperrt?« fragten wir die Dolmetscherin.
»Nichts verbrochen«, sagte die Frau. »Aber die deutschen Frauen müssen aufbauen, was die deutschen Männer in Rußland kaputtgemacht haben.«

Na, doa wußd wi Bescheed. Se dreewe ons dörch de Stadt tom Boahnhoff. Et wär so e scheener Freehlingsdach, en de Goardens bleehjde Tulpe on Maiglocke, oaver keeinem wär to Moat, e Freehlingsleed to singe.

Femfzig Fruuens en eenem Veehwoagen, de ölste wär sößtig Joahr, de jingste dreetien. Wi huckde op de nackte Deelebräder, tom Utstrecke wesseld wi ons af. Als Toilett had wi e dreeieckije Holtrenn. Dat End hing noa buute, doa kleckerd denn Pess on Schiet op de Schiene. Em hindere Woage sent onderwejens e poar Fruuens jestorve. Wenn de Toag tom Hoale käm, reepe se de Bewacher, se sullde de Doode ruthoole. De wurde denn annem Boahndamm jeleggt on met nuscht tojedeckt.

Tied had wi joa jenoog. Veele Stunde am Dach verbroacht wi doamet, Luuskes to knacke on von freehjer to vertelle, als dat Läwe noch scheen wär.

Eenmoal, dat wär schon hinder Moskau, durfd wi utstieje on enne Stadt goahne. E groote Hall wär doa. Wi kreeje Bohnesopp to äte met em Steckske Broad. Denn feehrde ons de Bewacher to de Banja. Dat wär e Ruum met Holtbottiche full warmem Woater tom Wasche. Em Värruum most wi de Kleeder aflegge, de käme tom Entluuse. Wi stunde nackt doa, on de Bewacher ameseerte seck äwer ons. Noa de Bereeinigung marscheerd wi torick tom Boahnhoff. De Lied ute Stadt beschempte ons, wiel wi Dietsche wäre. Se schmeete ook met Steener, on de Bewacher moste ons beschetze.

Am tweelwte Dach käm wi en dat Uraljebirje. En de Stadt Tscheljabinsk wurd wi utjeloade. De meeiste

Na, da wußten wir Bescheid. Sie trieben uns durch die Stadt zum Bahnhof. Es war ein warmer Frühlingstag, in den Gärten blühten Tulpen und Maiglöckchen, aber keinem war danach zumute, ein Frühlingslied zu singen.
Fünfzig Frauen in einem Viehwagen, die älteste war sechzig Jahre, die jüngste dreizehn Jahre alt. Wir saßen auf den nackten Dielenbrettern, zum Ausstrecken wechselten wir uns ab. Als Toilette hatten wir eine dreieckige Holzrinne. Das Ende hing nach draußen, da kleckerte Pisse und Scheiße auf die Schienen. Im Wagen hinter uns sind unterwegs einige Frauen gestorben. Wenn der Zug zum Halten kam, riefen sie die Bewacher, sie sollten die Toten rausholen. Die wurden an den Bahndamm gelegt und mit nichts zugedeckt.
Zeit hatten wir genug auf unserer Reise. Viele Stunden am Tag verbrachten wir damit, Läuse zu knacken und von früher zu erzählen, als das Leben noch schön war. Einmal, das war schon hinter Moskau, durften wir aussteigen und in eine Stadt gehen. Eine große Halle war da. Wir bekamen Bohnensuppe zu essen mit einem Stückchen Brot. Dann führten uns die Bewacher ins Bad. Das war ein Raum mit Holzbottichen voll warmem Wasser. Im Vorraum mußten wir die Kleider ablegen, die kamen zum Entlausen. Wir standen nackt da, und die Bewacher amüsierten sich über uns. Nach der Säuberung marschierten wir zurück zum Bahnhof. Die Leute aus der Stadt beschimpften uns, weil wir Deutsche waren. Sie warfen auch mit Steinen, und die Bewacher mußten uns beschützen.

kunne kuum ut dem Woage kruupe on moste underjehoakt ware. Fer de Kranke besorgte de Bewacher e Karr, doa wurde se roppjepackt on moste von de annere Fruuens jetoage ware. De Bewacher dreewe ons met Jewehr em Anschlag on Hund anne Lien tom Loager. Doa fund wi e Barack met Holtpretsche, op de wi ons schmeete, om to schloape. So fung dat Loagerläwe en Rußland an. Fer mi duuerd et dreei Joahr, oaver veele sent schon freehjer jestorve.

Nuscht jefunde

To mienem 80. Jebordsdach käme alle Enkelkes tosamme on säde: »Oma, wi foahre di noa Huus. Du sullst, bivär du starvst, dien oolet Derp wedderseehne, ook dien Huus on dem Buurehoff.«
»Woaröm sull eck oole Fruu mi noch veel römdrieve? Eck kenn keeinem Mensche, de Lied, de doa läwe, hebbe ook e annere Sproak.«
»Dat moakt nuscht«, säde de Enkelkes. »De Poale on de Russe sent nich mehr boßig op de Dietsche. Wi packe di hinde en dat Auto, et ward di nuscht passeere. Et sull ook nuscht koste.«
Na joa, denn jing dat los. An eenem scheene Morje em

Am zwölften Tag erreichten wir das Uralgebirge und wurden in der Stadt Tscheljabinsk ausgeladen. Die meisten konnten kaum aus dem Wagen kriechen, wir mußten sie unterhaken. Für die Kranken besorgten die Bewacher eine Karre, da wurden sie raufgepackt, und wir mußten sie ziehen. Die Bewacher trieben uns mit Gewehr im Anschlag und Hunden an der Leine zum Lager. Da fanden wir eine Baracke mit Holzpritschen, auf die wir uns warfen, um zu schlafen. So fing das Lagerleben in Rußland an. Für mich dauerte es drei Jahre, aber viele sind schon früher gestorben.

Nichts gefunden

Zu meinem 80. Geburtstag kamen alle Enkelkinder zusammen und sagten: »Oma, wir fahren dich nach Hause. Du sollst, bevor du stirbst, dein altes Dorf wiedersehen, auch dein Haus und den Bauernhof.«
»Warum soll ich alte Frau mich noch viel rumtreiben? Ich kenn' keinen Menschen, die Leute, die da jetzt leben, sprechen eine andere Sprache.«
»Das macht nichts«, sagten die Enkelkinder. »Die Polen und die Russen sind nicht mehr böse auf die Deutschen. Wir packen dich hinten ins Auto, es wird dir nichts passieren, und es soll auch nichts kosten.«
Na ja, denn ging es los. An einem schönen Morgen im

Soamer foahrd wi met eenem roode Auto dem Sinnke entjegen. Eck wunderd mi bloßig, wi kleein Dietschland jeworde es. Twee Stunde, on wi wäre schon dörch. Hinder dem Oader wäre alle Schildkes anne Stroat poolisch. De Mensche kickde mi an, als wulle se segge: Wat wellst du denn hier?

Anne Weichsel säde de Enkelkes to mi: »Woaröm grienst du, Oma?«

»Ach, en disse Jegend hebbe se mi dat Fretzke wegjenoahme, ook de Peerdkes hebb eck hier verloare.«

Scheen seej de Stadt Danzig joa ut, ook de Marieborg leej so stolt am Woater, on de Doom von dem Kopernikus kickd wied över dat Haff. Dat Haff had so glattet Woater, de Fescher foahrde rut on käme ren, am Strand speelde Kinderkes.

»Hoalt man an!« säd eck. »Eck well ju zeeige, wo wi över dat Ies jefoahre sent. Doa hinde, wo de Beem am Woater stoahne, toage de Flichtlingswoagens de Nehrung ropp.«

»Dat es nu Rußland«, säde de Enkelkes. »Doa könn wi nich henfoahre.«

»Denn loat dat man bliewe«, säd eck. »To seehne es joa doch nuscht mehr von dem ganze Elend.«

So jing dat wieder noa Osten, wo mien Tohuus wär. Eeinije Hieser seeje ut, als wenn gistern Krieg jeweese wär. En de Goardens bleehjde de Bloomkes, oole Lied wöhlde wi to onsre Tied em Jemiese on reete dat Onkruut rut. Se lachde mi an, oaver eck verstund de Sproak nich, on wi moste met Händ on Feet reede. De Appelbeem hinge full, ook de Pluume wäre good je-

Sommer fuhren wir mit einem knallroten Auto der Sonne entgegen. Ich wunderte mich nur, wie klein Deutschland geworden war. Zwei Stunden, und wir waren schon durch. Hinter der Oder sahen alle Schilder an der Straße polnisch aus. Die Menschen schauten mich an, als wollten sie sagen: Was willst du denn hier? An der Weichsel sagten die Enkelkinder: »Warum weinst du, Oma?«

»Ach, in dieser Gegend haben sie mir den Fritz weggenommen, auch die Pferde habe ich hier verloren.«

Schön sah die Stadt Danzig ja aus, auch die Marienburg lag stolz am Wasser, und der Dom des Kopernikus schaute weit über das Haff. Das hatte glattes Wasser, die Fischer fuhren raus und kamen rein, am Strand spielten Kinder.

»Haltet mal an!« sagte ich. »Ich will euch zeigen, wo wir über das Eis gefahren sind. Seht ihr da drüben die Bäume am Wasser stehen? Da zogen die Flüchtlingswagen auf die Nehrung.«

»Das ist nun Rußland«, sagten die Enkelkinder. »Da können wir nicht hinfahren.«

»Denn laßt das man bleiben«, sagte ich. »Zu sehen ist ja doch nichts mehr von dem ganzen Elend.«

Sie fuhren weiter mit mir nach Osten, wo ich mein Zuhause suchen wollte. Einige Häuser sahen so aus, als wenn noch gestern Krieg gewesen wäre. Aber in den Gärten blühten Blumen, alte Leute wühlten wie zu unserer Zeit im Gemüse und rissen Unkraut aus. Sie lachten mich an, aber ich verstand die Sprache nicht, und wir mußten mit Händen und Füßen reden. Die Apfel-

wosse. Wi scheen bleehjde am Rand vonne Schussee de Marjeriete, ook de wilde Moahn schiend so rood, on middemang de Bloomkes von ons Keenigin Luis.

»Wenigstens de Bloome sent Ostpreiße trie jebleewe«, säd eck to miene Enkelkes.

Am scheenste oaver wäre de Beem on beeide Siede von dem Stroat: Eeke, Linde on Barke.

»Foahrd man nich so schnell, eck well mi de groote Beem ankicke«, säd eck.

»Wo es denn nu dien Derp?« froagde se.

»Noch e Steckske jeroadut, denn links af on wedder jeroadut, doa mott et sent.«

Nu wurd mi doch e beske banglich to Moat. So lange Tied best nich to Huus jeweese. Wi ward et utseehne? Warscht du dien Derp noch kenne?

De Kerk, en de eck jefried heb, stund noch. Ook miene Kinderkes sent en dem Kerk jedofft worde. Nuscht to seehne wär von onsre Windmähl. De ward afjebrennt sent em Krieg, doachd eck mi. Mähle brenne geern, wenn de Krieg kömmt.

De Diek wär noch doa, rondöm Jebisch on Wiedebeem. De Schwoankes toage ehre Boahn, veer Junge hinderran.

Oaver wo wär mien Huus?

Wo et jeweese wär, seej eck bloßig Onkruut.

»Eck mott moal noa dem Rechte seehne«, säd eck to miene Enkelkes.

Se wullde metkoame on mi helpe, dörch dem Brenneltelwoold to kruupe.

»Dat mott eck alleen moake«, säd eck.

bäume hingen voll, und die Pflaumen waren auch gut gewachsen. Wie schön blühten am Rand der Chaussee die Margeriten, auch der wilde Mohn grüßte rot, und aus dem Roggen winkten die Kornblumen.

»Wenigstens die Blumen sind Ostpreußen treu geblieben«, sagte ich zu den Enkelkindern.

Ein schöner Anblick waren die Bäume an beiden Seiten der Straße: Eichen, Linden und Birken. Ich sagte den Kindern, sie sollten nicht so schnell fahren, weil ich mir die großen Bäume anschauen wollte.

»Wo ist denn nun dein Dorf?« fragten sie.

»Noch ein Stückchen geradeaus, dann links ab und wieder geradeaus, da muß es liegen.«

Nun fing mir doch an, das Herz zu pochen. So lange Zeit bist du nicht zu Hause gewesen. Wie wird es aussehen? Wirst du dein Dorf überhaupt erkennen?

Die Kirche, in der ich getraut worden war, stand noch. Auch meine Kinder sind da getauft worden. Nichts zu sehen war von unserer Windmühle. Die wird abgebrannt sein im Krieg, dachte ich mir. Mühlen brennen gern, wenn der Krieg kommt.

Der Teich war noch da, umgeben von Gebüsch und Weidenbäumen. Die Schwäne zogen ihre Bahnen, vier Junge hinterher.

Aber wo war mein Haus?

Wo es gestanden hatte, sah ich nur Unkraut.

»Ich muß mal nach dem Rechten sehen«, sagte ich zu meinen Enkelkindern.

Sie wollten mitkommen und mir helfen, durch den Brennesselwald zu gehen, aber ich sagte ihnen, daß ich

Se huckde seck op dat Auto on kickde mi noa, wi eck dörch de Wildnes stromerd.

Nuscht to finde. De Schien wär verschwunde on de Peerdsstall ook. Vom Huus fund eck bloßig e poar Steenerkes Grundmuuer, doabi had wi allet fest jebuut. Wi kunn dat verschwende?

Eck huckd mi op eenem Steen on griend e beske. Keeiner wär doa, mi de Troankes aftowesche.

Doa seej eck anne Sied onsrem Kruschkeboom, hook jewosse on behängt met jäle Kruschkes.

»Du best wenigstens äwrigjebleewe«, säd eck on sammeld mi e poar Kruschkes enne Fupp.

E Steckske wieder, wo ons Schien jeweese wär, stund e Wiedeboom, on boave enne Astkes had e Oadebar e Nest jebuut. Als de Storch mi seej, fung he an to klappere.

»Du best de eeinzige, de mi noch kennt!« reep eck em to. »Dat Schienedack hebbe se di wegjenoahme, doa häst du di e nieet Nest op dem Boom jebuut.«

Wi kickde ons e Wielke an, denn floog de Oadebar runder tom Diek, Pogge to hoole.

»E Storch! E Storch!« heerd eck miene Enkelkes schriee. Se stunde am Diek, wo de Schwoankes ehre Kepp ent Woater duukde, on seeje dem Oadebar biem Spazeeregoahne to.

»Na, wi wär dat to Huus?« froagde se mi.

»Nuscht jefunde«, säd eck on huckd mi en dat Auto. »Loat ons man noa Huus foahre. De Oadebar, de Beem an dem Stroat on de Bloomkes em Groawe sent dat eeinzige, wat von Ostpreiße äwrigjebleewe es.«

das allein machen müßte. Sie setzten sich aufs Auto und schauten mir nach, wie ich durch die Wildnis wanderte. Nichts zu finden. Die Scheune war verschwunden und der Pferdestall auch. Vom Haus fand ich nur ein paar Steine der Grundmauer, dabei hatten wir es fest gebaut. Wie konnte das nur verschwinden?

Ich setzte mich auf einen Stein und weinte ein bißchen, aber keiner war da, mir die Tränen abzuwischen.

Da sah ich an der Seite unseren Birnbaum, hoch gewachsen und behangen mit gelben Früchten.

»Du bist wenigstens übriggeblieben«, sagte ich und sammelte mir ein paar Birnen in die Tasche.

Ein Stückchen weiter, wo unsere Scheune gewesen war, stand ein Weidenbaum, und oben in den Ästen hatte ein Adebar sein Nest gebaut. Als der Storch mich sah, fing er an zu klappern.

»Du kennst mich noch!« rief ich ihm zu. »Das Scheunendach haben sie dir weggenommen, da hast du dir ein neues Nest auf dem Baum gebaut.«

Wir sahen uns eine Weile an, dann flog der Adebar runter zum Teich, Frösche zu holen.

»Ein Storch! Ein Storch!« hörte ich meine Enkelkinder rufen. Sie standen am Teich, wo die Schwäne ihre Köpfe ins Wasser tauchten, und sahen dem Adebar beim Spazierengehen zu.

»Na, wie war es zu Haus?« fragten sie mich.

»Nichts gefunden«, sagte ich und setzte mich ins Auto. »Laß uns man nach Hause fahren. Der Adebar, die Bäume und die Blumen am Grabenrand sind das einzige, was von Ostpreußen übriggeblieben ist.«

Wenn de Sensemann kömmt

Wenn der Sensenmann kommt

De Herr es dood

De Buuer Kosack wär över Nacht jestorve. Oawends had he seck henjelejt, noch e Schnapske jedrunke, on morjens kunn he nich mehr opstoahne. Siene Fruu jing von Huus to Huus, Bescheed to segge, se jing ook en dem Stall on säd to de Deere: »De Herr es dood.«

De Noabarsch holpe ehr, dem Sarg vonne Lucht to droage. Enne groote Stoaw wurd he opjestellt on de doodige Kosack renjeleggt. Alle Speejel em Huus moste met Handdeuker afjedeckt ware, wiel sunst, wenn du renkickst, de Doodige hinder di stoahne kunn. Ook de Uhre wurde anjehoale, dat Fier em Herd jing ut, dat ganze Huus wär muuskestell.

Oawends käme de Noabarsch tom Wachte. Se sunge de halwe Nacht. Jeder jeew dem Jestorvene noch eenmoal de Hand, Fruu on Kinder dröckte ook e Butsch op siene Steern.

Am Morje wurd de Sarg jeschloate. E Liekewoage, schwart utjelejt on met Silver verzeert, stund vär de Där. De Peerd droage schwarte Decke on Schieklappe, doamet se seck nich verschrocke. So foahrde se dem Kosack op dem Kerkhoff, wo he en de Erd jejeewe wurd. En de Tweschentied käme Fruuens ut de Noabarschaft on deckde de Desche met Äte on Drinke. Beärdjung wär emmer e grootet Fest wi Hochtied. Doa wurd jebacke on jebroade, to drinke jeew et ook rieklich.

Veele Stunde huckde se tosamme on vertellde seck Jeschichte vom oole Kosack. De Jäst wurde denn ook lostig. Wenn se beschwiemelt wäre, funge se an to singe

Der Herr ist tot

Der Bauer Kosack war über Nacht gestorben. Abends hatte er sich hingelegt, noch einen Schnaps getrunken, und morgens konnte er nicht mehr aufstehen. Seine Frau ging von Haus zu Haus, Bescheid zu sagen, sie ging auch in den Stall und erzählte es den Tieren: »Der Herr ist tot.«

Die Nachbarn halfen ihr, den Sarg vom Boden zu tragen. In der großen Stube wurde er aufgestellt und der tote Kosack reingelegt. Alle Spiegel im Haus mußten mit Handtüchern abgedeckt werden, weil sonst, wenn du reinschaust, der Tote hinter dir stehen könnte. Auch die Uhren wurden angehalten, das Feuer im Herd ging aus, das ganze Haus war mäuschenstill.

Abends kamen die Nachbarn zur Totenwache. Sie sangen die halbe Nacht. Jeder gab dem Gestorbenen die Hand, Frau und Kinder drückten einen Kuß auf seine Stirn.

Am Morgen wurde der Sarg geschlossen. Ein Leichenwagen, schwarz ausgelegt und mit Silber verziert, stand vor der Tür. Die Pferde trugen schwarze Decken und Scheuklappen, damit sie nicht erschraken. So fuhren sie den Kosack auf den Kirchhof, wo er in die Erde gegeben wurde.

In der Zwischenzeit kamen Frauen aus der Nachbarschaft und deckten die Tische mit Essen und Trinken. Beerdigung war immer ein großes Fest wie Hochzeit. Da wurde gebacken und gebraten, zu trinken gab es reichlich.

on to danze. Wer leewer truurig sien wull, huckd seck enne annere Stoaw. Bloßig Koartespeele jing nich. De Kosack häd seck to doll jeargert, wenn annere Koarte speele on he ut de jensietije Welt tokicke most.

Wacht man op mi

Dem Plompemoaker Maguhn wär de Fruu jestorve. Als he se beärdijd had, jing he över Land, e nieje to seuke. Op eenmoal käm em e verschlieerte Jestalt entjegen.

He doachd seck jliek: Dat ward diene Lene sien. De kömmt di afhoole, wiel se em Hemmel nich so alleen hucke well. Wat sullst moake?

Starve wull de Plompemoaker Maguhn noch nich. He doachd seck, met de verschlieerte Jestalt to reede. Wacht man noch e poar Joahr op mi, wull he ehr segge. Denn koam eck ook, on wi hucke tosamme on kicke von boawe op de Erd.

Oaver als de Jestalt dichter käm, wurd se emmer gröter. He seej dat witte Jesecht on de blieke Hand on kreej et nu doch met de Angst. He rennd en dem

Viele Stunden saßen sie zusammen und erzählten sich Geschichten vom alten Kosack. Einige Gäste wurden denn auch lustig. Wenn sie angetrunken waren, fingen sie an zu singen und zu tanzen. Wer lieber traurig sein wollte, setzte sich in die andere Stube. Nur Kartenspielen war nicht erlaubt. Der Kosack hätte sich zu sehr geärgert, wenn andere Karten spielten und er aus der jenseitigen Welt zuschauen müßte.

Warte auf mich

Dem Brunnenmacher Maguhn war die Frau gestorben. Als er sie beerdigt hatte, ging er über Land, eine neue zu suchen. Da kam ihm eine verschleierte Gestalt entgegen.
Er dachte sich gleich: Das wird deine Lene sein. Die kommt dich abholen, weil sie im Himmel nicht so allein sitzen will. Was sollst machen?
Sterben wollte der Brunnenmacher Maguhn noch nicht. Er dachte sich, mit der verschleierten Gestalt zu reden. Wart man noch ein paar Jahre auf mich, wollte er ihr sagen. Dann komm' ich auch, und wir sitzen zusammen und schauen von oben auf die Erde.
Aber als die Gestalt näher kam, wurde sie immer größer. Er sah das weiße Gesicht, die bleiche Hand und bekam es nun doch mit der Angst zu tun. Er lief in den

Woold, rennd so doll, bet he ömfull on liggebleew. Näckste Dach funde se em dood under eenem Eekboom.
»Nu es he vereent met siene Lene«, säde de Lied, als se dem Maguhn tom Kerkhoff broachte.

Värsinge

Als dat Martke tom Starve käm, huckd seck dat Jettke an dat Bedd on sung ehr vär.
»Ach, Jettke, wenn du mi värsingst, ligg eck wi op Duunkes«, säd dat Martke, on denn moakd se de Ooge to.

Utvertellt

»Wi wellst starve, Ulnat?«
»An eenem Sinndach em Mai öm de Vespertied.«
»Häst schon e Sarg op dem Lucht?«
»Joa, e scheenet Steck Eekeholt, schwart bepenselt.«
»Wat warscht moake, wenn de Sensemann vär dem Där steiht, Ulnat?«
»Erscht jeew eck em e Pillkaller to drinke on froag em,

Wald, lief so schnell, bis er umfiel und liegenblieb. Am nächsten Tag fanden sie ihn tot unter einem Eichenbaum.
»Nun ist er vereint mit seiner Lene«, sagten die Leute, als sie den Maguhn zum Kirchhof brachten.

Vorsingen

Als die Martha zum Sterben kam, saß die Jette an ihrem Bett und sang ihr vor.
»Ach, Jettke, wenn du mir vorsingst, liege ich wie auf Daunen«, sagte die Martha. Dann machte sie die Augen zu.

Genug erzählt

»Wie willst du sterben, Ulnat?«
»An einem Sonntag im Mai um die Vesperzeit.«
»Hast schon einen Sarg auf dem Dachboden?«
»Ja, ein schönes Stück Eichenholz, schwarz bepinselt.«
»Was willst du machen, wenn der Sensenmann vor der Tür steht, Ulnat?«
»Erst gebe ich ihm einen Pillkaller zu trinken und

wi et bi de Undererdische so togeiht. Dann sing eck em vär, dat ward em jefalle. He ward de Sens vär de Där schmiete on met dem Diewel Polka danze.«

»Dem Diewel wellst ook enloade?«

»Dem bruuk eck nich entoloade, de es emmer doabi, wenn wat passeert.«

»Wat sull wi de värsinge, wenn du dood best, Ulnat?«

»Dat scheene Leed von de Exulante, wiel mien Mudderke en Gumbinne bi de Soltborger op de Welt jekoame es.«

»Dat es joa e ganz annere Sproak, oaver se es ook scheen on jeheerd to Ostpreiße. Loat ons man e beske öwe:

I bin a armer Exulant
A so thu i mi schreiba,
Ma thuat mi aus dem Vaterland
Um Gottes Wort vertreiba.

Das woaß i wol, Herr Jesu mein,
Es ist Di a so ganga,
Jetzt will i Dir Nachfolger sein,
Herr! Mach's nach Deim Verlanga.

So muß i heut von meinem Haus
Die Kindel muß i loassa,
Mei Gott, es treibt mi Zährel aus,
Zu wandern fremde Stroaßa.

frage, wie es bei den Unterirdischen so zugeht. Dann singe ich ihm vor, das wird ihm gefallen. Er wird die Sense vor die Tür schmeißen und mit dem Teufel Polka tanzen.«

»Den Teufel willst auch einladen?«

»Den brauch' ich nicht einzuladen, der ist immer dabei, wenn was passiert.«

»Was sollen wir dir vorsingen, wenn du tot bist, Ulnat?«

»Das schöne Lied von den Exulanten, weil meine Mutter in Gumbinnen bei den Salzburgern auf die Welt gekommen ist.«

»Das ist eine andere Sprache, aber sie ist auch schön und gehört zu Ostpreußen. Laß uns man schon ein bißchen üben:

I bin a armer Exulant
A so thu i mi schreiba,
Ma thuat mi aus dem Vaterland
Um Gottes Wort vertreiba.

Das woaß i wol, Herr Jesu mein,
Es ist Di a so ganga,
Jetzt will i Dir Nachfolger sein,
Herr! Mach's nach Deim Verlanga.

So muß i heut von meinem Haus
Die Kindel muß i loassa,
Mei Gott, es treibt mi Zährel aus,
Zu wandern fremde Stroaßa.

Mei Gott, führ mi in oana Stadt,
Wo i Dein Wort koan hoaba.
Darin will i Di früh und spoat
In meinem Herzel loaba.«

»De Schemmerstund fangt an, wi moake Fieeroawend«, säd de Ulnat. »Hebb wi allet vertellt?«
»Met dem Vertelle koam wi nie to en End, dat ganze Läwe es Vertelle«, säd de Schonski.
»Oaver wi beeide hebbe jenoog jesunge. Dat Läwe geiht wieder, loat annere mehr vertelle.«

Mei Gott, führ mi in oana Stadt,
Wo i Dein Wort koan hoaba.
Darin will i Di früh und spoat
In meinem Herzel loaba.«

»Die Schimmerstunde fängt an, wir müssen Feierabend machen«, sagte Ulnat. »Haben wir alles erzählt?«

»Mit dem Erzählen kommen wir nie zu Ende, das ganze Leben ist Erzählen«, antwortete Schonski.

»Aber wir haben genug gesungen. Das Leben geht weiter, laß andere mehr erzählen.«

Riemelkes on Redensoarte

Reime und Redensarten

Ook en Domnau jefft et e poar klooge Lied.
Auch in Domnau gibt es ein paar kluge Leute.
(Das Städtchen Domnau galt als das ostpreußische Schilda)

Nuscht es nu all.
Noch ist gar nichts.

En Marjedoal kannst op dem Kujel riede.
In Marienthal kannst auf dem Eber reiten.
(Abschätzig für ein kleines rückständiges Dorf)

De käm bloßig, Fier to hoole.
Der kam bloß, um Feuer zu holen.
(Für einen, der es eilig hatte)

To wat häd de Katt e Schnorrboart?
Warum hat die Katze einen Schnurrbart?

Allet, wat Stemm häd, most singe.
Alles, was Stimme hatte, mußte singen.

Allet, wat Been häd, danzd, dat man so steewert.
Alles, was Beine hatte, tanzte, daß es nur so staubte.

Fer dat Jewesene jefft de Jud nuscht nich.
Für das Gewesene gibt der Jude nichts.

O du grieset Kattke, wann warscht du wedder witt?
O du graues Kätzchen, wann wirst du wieder weiß?

De Fuule drächt seck dood, de Flietige rennt seck dood.
Der Faule trägt sich tot, der Fleißige läuft sich tot.

Wat kröppst op dem Maschkeball,
wenn keein Balljet häst?
Warum gehst du zum Maskenball,
wenn du kein Billett hast?
(Wo du nicht eingeladen bist,
hast du nichts zu suchen.)

Ordnung rejeert de Welt on de Kneppel de Menschhied.
Ordnung regiert die Welt und der Knüppel die Menschheit.

De Jud schloog met dem Pungel op dem Desch
on froagd, ob nich wat to schachere jefft.
Der Jud schlug mit dem Sack auf den Tisch
und fragte, ob es was zu handeln gebe.

Wat häst anne Hand?	Was hast du an der Hand?
E Kleenfinger	Einen Kleinfinger
E Goldfinger	Einen Goldfinger
Dem Langhals	Den Langhals
Dem Botterlecker	Den Butterlecker
Dem Luuskeknacker	Den Läuseknacker

De Jeberschhand ward ook moal meed.
Des Gebers Hand wird auch mal müde.

E Moahltied tom Renhucke.
Eine Mahlzeit zum Reinsetzen.

O Dammlichkeit,	O Dämlichkeit,
verloat mi nech,	verlaß mich nicht,
verloat mi nech	verlaß mich nicht
am Desch,	am Tisch,
on jeff, dat eck	und gib, daß ich
to rechtje Tied	zur richt'gen Zeit
dat grettste Steck erwesch.	das größte Stück erwisch.

Warscht du dat Muul hoale!
Wirst du das Maul halten!
(Ordnungsruf bei Tisch und in der Schule)

Loat ware, wat well.
Laß werden, was will.

Schepper, de Uhl huckt	Schiffer, die Eule sitzt
em Mast,	im Mast,
hoal em am Zoagel fast.	halt sie am Schwanz fest.

Verhaspel di man nich.
(Nicht durcheinandersprechen)

Oole Jungfersch foahre op dem Blocksbarg
Kosse heede.
Alte Jungfern fahren auf den Blocksberg
zum Ziegenhüten.

Von nuscht kömmt nuscht.
Von nichts kommt nichts.

Söppst, denn motst ent	Säufst, dann mußt ins
Jensiets schwebe,	Jenseits schweben,
Söppst du nich,	Säufst du nicht,
bleffst ook nich läwe,	bleibst auch nicht leben,
Emmer warscht Jemill	Immer wirst du Müll
on Schutt,	und Schutt,
So kaputt on so kaputt.	So kaputt und so kaputt.

Suur moakt lostig, säd de Ackerpogg on sprung en de Bottermelk.
Sauer macht lustig, sagte der Frosch und sprang in die Buttermilch.

Allet es meeglich, bloßig Fingerhandschkes
över Fuusthandschkes trecke, dat geiht nich.
Alles ist möglich, nur Fingerhandschuhe
über Fausthandschuhe ziehen, das geht nicht.

Wie kommst du, großer Kaiser,
von Moskau nach Paris?
Du bist ja noch ganz heiser
und frierst auch an die Fieß.
(Spottlied auf Napoleon 1812)

Käs ett se nich on suure Gurke sent ehr to seut.
Käse ißt sie nicht, und saure Gurken sind ihr zu süß.

E kleeinet Beske es beeter als e grootet Goarnuscht.
Ein kleines Bißchen ist besser als ein großes Garnichts.

Äte on Drinke hölt Liew
on Seel tosamme,
de meeiste Mensche nähre
seck doavon.

Essen und Trinken hält Leib
und Seele zusammen,
die meisten Menschen
nähren sich davon.

Wi geiht? Dat Äte schmeckt, on de Bexse passe.
Wie geht's? Das Essen schmeckt, und die Hosen passen.

Fleesch es dat beste Jemies.
Fleisch ist das beste Gemüse.

Doa kannst wachte bet Pluumepingste.
Da kannst warten bis Pflaumenpfingsten.
(St. Nimmerleinstag)

De Seejer es e Menschebedreejer.
Die Uhr ist ein Menschenbetrüger.

Preeme es beeter, als op em Schnuller lutsche.
Priemen ist besser, als auf dem Schnuller lutschen.

Mannke, de Schlips hängt ut e Bex.
(Aufforderung, den Hosenschlitz zu schließen)

Freeileeinke, Enne hängt dat Hemd buute.
Fräulein, Ihnen hängt das Hemd raus.

Wat netzt mi e feeinet Hemdke?
Dat sitt doch keein annerer als eck alleen.
Was nützt mir ein schönes Hemdchen?
Das sieht doch kein anderer als ich allein.

Wat jefft to äte? Suurem Komst met Kurrefeet.
Was gibt es zu essen? Sauerkraut mit Putenfüßen.

De Keerdel drellt met dem Kopp dörch.
Der Kerl dreht mit dem Kopf durch.
(Verrückt werden)

Giezig ben eck nich, oaver spoarsam,
säd de Buur on joagd dem Pracher vom Hoff.
De Pracher bedankt seck on verhext em de Keech.
Geizig bin ich nicht, aber sparsam,
sagte der Bauer und jagte den Bettler vom Hof.
Der Bettler bedankte sich und verhexte ihm die Kühe.

Best besoape, dat verjeeiht,
best dammlich, dat blefft.

Bist betrunken, das vergeht,
bist dämlich, das bleibt.

Oster, schmackoster,
fief Eeier, Steck Speck,
vom Koake de Eck,
e Dittke fer Beer,
denn koam eck nich mehr.

Oster, schmackoster,
fünf Eier, Stück Speck,
vom Kuchen die Eck,
einen Groschen für Bier,
dann komm' ich nicht mehr.

Wiegenlied:

Guugel, guugel onderm Schoo,
Kindke, moak de Oogkes to.
Es so stell de Nacht em Huus,
buute huscht de Fleedermuus.

De häd keeinem Verstand, de Heehner to föhle.
Die hat nicht mal Verstand, die Hühner zu fühlen.

Dem Keerdel fehlt anne Hundsbuud to binde.
Der Kerl sollte an die Hundehütte gebunden werden.

Tokicke kost nuscht.
Zuschauen kostet nichts.

Gloawe moakt selij, e Hering moakt dörstij.
Glauben macht selig, ein Hering macht durstig.

Koamt äte, koamt äte,	Kommt essen,
ju fuule Beestkräte!	ihr Faulpelze!
bimmeld de Gootsglock	bimmelte die Gutsglocke
to Meddach.	zu Mittag.

Leehr di man oarbeeide, denn geiht di good em Läwe.
Lerne zu arbeiten, dann geht es dir gut im Leben.

Botter, Botter, goah tosamme	Butter, Butter, geh zusammen
wi de Fruu met ehrem Manne,	wie die Frau mit ihrem Mann,

wi de Heert met siene Heerd,
dat de Schmand to Botter werd.

wie der Hirt mit seiner Herde,
daß der Schmand zu Butter werde.

(Lied beim Drehen des Butterfasses)

De Studeerte hebbe e Forz em Kopp.
Die Studierten haben einen Furz im Kopf.

Bauchweh:
Und geht's vorüber, werd ich nie verjessen,
was diesem Zustand hat herbeijefiehrt.
Ich hab dreei Schissel saurem Komst jefräte
on met em Stippel Bottermelk verreehrt.

Wenn emmer stell best,
kreejst ook enne Kerk Preejel.

Wenn immer still bist,
bekommst auch in der Kirche Prügel.

(Aufforderung, sich nicht alles gefallen zu lassen)

Wer Gott vertruut,
de mangelt nich,
de kloppt de Wäsch met dem Hoamer.

Wer Gott vertraut,
der mangelt nicht,
der klopft die Wäsche mit dem Hammer.

E preißischer Moage kann allet verdroage.
Ein preußischer Magen kann alles vertragen.

To Lichtmeß geiht de Winter boade.
Lichtmeß geht der Winter baden.

Kömmst nich hiede, kömmst doch morje,
övermorje ganz bestemmt.
Kommst nicht heute, kommst doch morgen,
übermorgen ganz bestimmt.

Biem Helpe es noch keeinem schlecht jeworde.
Beim Helfen ist noch keinem schlecht geworden.

Inhalt

Äte on Drinke hölt Liew on Seel tosamme
Essen und Trinken hält Leib und Seele zusammen

Von Wiehnachte bet Pluumepingste

Von Weihnachten bis Pflaumenpfingsten

Von Peerdkes, Schudelkes on annerem Jedeer

Von Pferden, Hunden und anderem Getier

De Doktersch on de Medezin
Die Ärzte und die Medizin

Vom leewe Gott on dem Diewel
Vom lieben Gott und dem Teufel

Danzvergnieje on annere Spoaskes
Tanzvergnügen und andere Späße

Allerlie Dammlichkeeite
Allerlei Dummheiten

Underm Ruß
Unterm Russen

Wenn de Sensemann kömmt

Wenn der Sensenmann kommt

Riemelkes on Redensoarte

Reime und Redensarten

Bildnachweis

Archiwum Pañstwowe w Olsztynie:
S. 69: *Straßenszene in Wehlau* (Fotograf unbekannt)

Instytut Sztuki Poskiej Akademii Nauk:
Vor- und Nachsatz: *Kinder vor dem Schulgebäude in Plauten*, um 1900 (Fotograf unbekannt)
S. 9: *Siedlung für Waldarbeiter der kaiserlichen Residenz in Rominten*, um 1912 (Fotograf unbekannt)
S. 35: *Vor der Mineralwasserfabrik von Dr. C. Czudnowicz in Insterburg*, 1890 (Paul Horn)
S. 55: *Spinnerin in der Stube des Kurschat'schen Wohnhauses in Pempen*, um 1910 (Fotograf unbekannt)
S. 91: *Briefträger*, 1901/1915 (Fotograf unbekannt)
S. 99: *Mädchen neben dem Tor zu einem Bauerngehöft in Wallen*, um 1904 (Gussenstein)
S. 113: *Straßenmusikanten auf dem Markt von Bischofsburg*, um 1900 (Fotograf unbekannt)
S. 127: *Winter in Inse*, um 1910 (Fotograf unbekannt)
S. 141: *Eisenbahner vor dem Kleinen Bahnhof in Insterburg*, um 1910 (Fotograf unbekannt)
S. 165: *Bauer Thoris vor der Klete seines Gehöfts in Szauken*, 1906 (Fotograf unbekannt)
S. 179: *Dorfstraße in Groß Kuhren*, 1912 (Richard Dethlefsen)
S. 215: *Karkelbeck*, 1898 (Rechholz)
S. 227: *Fischer Lepkojis unter dem Laubengang seines Hauses in Gilge*, 1901/1915 (Fotograf unbekannt)

ISBN 978-3-550-08646-5
ISBN 3-550-08646-6

Gesetzt aus der Garamond Stempel
bei Dörlemann Satz, Lemförde
Druck und Bindung: Pustet, Regensburg
Printed in Germany

Arno Surminski

Gebundene Ausgaben im Ullstein Verlag

Jokehnen
oder Wie lange fährt man von Ostpreußen nach Deutschland?
Roman

Aus dem Nest gefallen
Sämtliche ostpreußischen Geschichten

Polninken oder Eine deutsche Liebe
Roman

Kein schöner Land
Roman

Besuch aus Stralsund
Erzählungen

Eine gewisse Karriere
Erzählungen aus der Wirtschaft

Sommer vierundvierzig
oder Wie lange fährt man von Deutschland nach Ostpreußen?
Roman

Die masurischen Könige
Weihnachtsgeschichten

Die Kinder von Moorhusen

Der Winter der Tiere
Erzählungen

Vaterland ohne Väter
Roman

Arno Surminski

im Ullstein Taschenbuchverlag

Jokehnen
Roman

Aus dem Nest gefallen
Sämtliche ostpreußischen Geschichten

Kudenow oder An fremden Wassern weinen
Roman

Fremdes Land oder Als die Freiheit noch zu haben war
Roman

Damals in Poggenwalde

Polninken oder Eine deutsche Liebe
Roman

Malojawind
Eine Liebesgeschichte

Kein schöner Land
Roman

Besuch aus Stralsund
Erzählungen

Sommer vierundvierzig
Roman

Die masurischen Könige
Weihnachtsgeschichten

Die Kinder von Moorhusen

Vaterland ohne Väter
Roman

Vesicherung unterm Hakenkreuz